Renate Michaelis

Das Loch in der Hosentasche

Geschichten und Erzählungen

Renate Michaelis

Das Loch in der Hosentasche

Geschichten und Erzählungen

© 2019 by Renate Michaelis

Verlag: tredition GmbH, Hamburg

ISBN 978-3-7497-7824-9

Und so fing alles an

Berlin lag in Schutt und Asche. Ich lag im Bauch meiner Mutter. Meine Mutter lag im Krankenhaus in den Wehen. Es war 21:00 Uhr.

»Pressen Sie, pressen Sie«, sagte die Hebamme in unwirschem Ton. »Um 22:00 Uhr wird das Licht abgeschaltet.«

Ich wurde um 21:30 Uhr geboren. Meine Mutter hatte es rechtzeitig geschafft, mich auf die Welt zu bringen.

So war das damals in der Nachkriegszeit.

Hamster Schnupperchen

Als ich neun Jahre alt wurde, lag ich krank im Bett und konnte nicht wie sonst mit Freundinnen meinen Geburtstag feiern. Meine Mutter brachte mir das Geschenk an mein Bett. Eine große Kiste mit einem Handtuch umhüllt. Ich zog es weg und sah, dass die Kiste ein Käfig war, in dem sich ein Goldhamster befand.

Es hatte meine Mutter sicher große Überwindung gekostet, mir einen Hamster zu schenken. Sie hasste Hamster genauso wie Mäuse, die ihr nie geheuer waren. Ich mochte Hamster ebenso wie Mäuse und ich nannte ihn Schnupperchen. Er war für Jahre mein kleiner Freund und ich nahm ihn oft aus seinem Käfig und streichelte ihn, wenn er nicht gerade schlief oder sich in seinem Hamsterrad drehte. Als er zwei Jahre alt war, wurde er plötzlich krank, herzkrank, wie meine Oma sagte. Er fraß nicht und bewegte sich auch kaum. Meine Mutter meinte, er würde bald sterben. Meine Oma aber holte ihre Herztropfen, zählte einige wenige ab und gab sie dem Hamster. Meine Mutter schimpfte deswegen mit ihr. Ich war traurig, weil die Herztropfen nicht halfen. Aber die Wirkung setzte dann einige Tage später ein. Als ich aus der Schule kam, war er plötzlich putzmunter und drehte sich in seinem Hamsterrad. Klein und schmal war er geworden, aber viel frecher als vor seiner Erkrankung.

Freudig berichtete ich meiner Mutter davon, als sie von der Arbeit nach Hause kam. Sie fand das seltsam und wollte sich diese plötzliche Genesung ansehen. Aber meine Oma meinte, der Hamster braucht noch etwas Ruhe und sollte noch keinen Besuch erhalten. Nun blickte meine Mutter misstrauisch zu meiner Oma, ging doch zu dem Käfig, sah den Hamster im Rad seine Runden drehen und sah meine Oma mit einem strafenden Blick an, den ich nicht verstand.

Der Hamster erfreute sich noch fast zwei Jahre bester Gesundheit, bevor er starb. Vier Jahre war ein ungewöhnliches Alter für einen Hamster, das verdankte er vielleicht der Langzeitwirkung von Omas Herztropfen.

Der Hamster wurde im Garten begraben, einen neuen bekam ich nicht und es wurde auch nicht mehr viel über ihn gesprochen.

An meinem fünfzigsten Geburtstag, als ich schon längst nicht mehr an Schnupperchen dachte, kam zufällig das Gespräch auf ihn und ich erzählte den Gästen die Geschichte mit den Herztropfen. Meine Mutter fing laut an zu lachen und sagte zu mir:

»Schnupperchen ist nicht über vier Jahre alt geworden. Er starb, während du in der Schule warst. Oma dachte sich, du würdest bestimmt traurig sein, wenn du aus der Schule nach Hause kommst, begrub ihn im Garten und holte einen neuen aus der Zoohandlung. Dein Hamster war nicht abgemagert, der neue war nur noch nicht so groß und du hast es nicht gemerkt.«

Schlechte Zeiten I - Das Ehepaar Däumler

Uns gegenüber wohnte das Ehepaar Däumler in einer Laube mit einem großen Grundstück, auf dem sie Kräuter anbauten. Herr Däumler arbeitete auf dem Fruchthof und bündelte abends mit seiner Frau Petersilie, die er am nächsten Tag dort verkaufte, um sich etwas Geld dazuzuverdienen. Die Eheleute saßen dabei auf den Treppenstufen vor der Laube und stritten. Ich kann mich nicht daran erinnern, dass sie einmal nicht stritten. An einem Abend schrien sie sich so heftig an, dass Herr Däumler aufstand, einen Stein nahm und die Fenster- scheiben der vorgebauten Terrasse einschlug. Dann drohte er seiner Frau, dass er es langsam satt hätte mir ihr und ein Beil abends ans Bett stellen würde. Wer von beiden dann nachts zuerst wach werden würde, der könne den anderen erschlagen. Kurze Zeit nach dem Wutanfall saßen sie wieder ein- trächtig nebeneinander.

Däumlers hatten auch Hühner und Kaninchen. In den Ställen bin ich häufig gewesen und habe die Kaninchen füttern und streicheln dürfen. Ich hing sehr an den Tieren, doch eines Tages wurden sie geschlachtet und zum Ausbluten an einer Leine befestigt. Seitdem esse ich bis heute keine Kaninchen.

Oftmals kam Herr Däumler über die Straße und klingelte bei uns. Er lief, sobald es warm genug war, mit nacktem Oberkörper herum und sein dicker Bauch hing über seinen Hosen.

Alle nannten ihn deshalb Teddy. Er fragte meinen Vater, ob er vielleicht eine Schachtel Zigaretten für ihn hätte, dann müsste er sich nicht erst welche kaufen gehen. Mein Vater, der in der Nachkriegszeit vom Zimmermann zum Ofenbauer umgeschult hatte, reinigte Öfen in einer Mietshaussiedlung und bekam oft eine Zigarette angeboten. Er war Nichtraucher, erzählte aber stets, wenn er gefragt wurde, er würde während der Arbeit nicht rauchen, erst zum Feierabend. Dann bekam er meist eine ganze Schachtel geschenkt, die er später an Teddy verkaufte, um auch ein paar DM Taschengeld zu haben.

Das Loch in der Hosentasche

Als mein Vater eines Tages zur Arbeit ging, fiel ihm unterwegs ein, dass er noch kurz in der Werkstatt vorbeigehen wollte und lief ein Stück des Weges zurück. Da sah er, dass auf dem Weg eine Reihe von Münzen lagen. Er dachte, die hätte jemand verloren und freute sich, dass es derjenige offenbar nicht bemerkt hatte. Er hob sie auf, um sie in seine Hosentasche zu stecken. Da stellte er fest, dass die Hosentasche ein Loch hatte und er die Münzen wohl selbst auf dem Hinweg verloren haben musste. Das war eine kurze Freude über das gefundene Geld.

Im Bus

Eine alte, sehr rüstige Frau steigt in den fast leeren Bus ein, steuert auf einen bestimmten Platz zu, der schon besetzt ist und sagt: »Hier sitze ich immer.«
   Antwort vom Fahrgast:
   »Das können Sie auch, ich steige an der dritten Haltestelle aus.«

Wie spät ist es?

Ein kleiner Junge zu einem Mann:
»Wissen Sie, wie spät es ist?«
»Ja«, antwortet der Mann. Der Junge sieht zu ihm hoch, sagt aber nichts.
»Möchtest du auch wissen, wie spät es ist?«
Der Junge sieht wieder zu ihm auf, überlegt eine Weile und antwortet:
»Jetzt nicht mehr«, und rennt weg.

Wieviel ist ein Kilo?

Ein Mann an einem Obststand in einem Supermarkt. Er zeigt auf die Äpfel und sagt zu der Verkäuferin:
»Wieviel ist denn ein Kilo?«
Antwort: »Zwei Pfund.«
Der Mann zur Verkäuferin:
»Das weiß ich schon auch. Ich wollte wissen, wie viele Äpfel ich für ein Kilo bekomme.«
Die Verkäuferin:
»Kann ich Ihnen auch nicht sagen, die Äpfel sind ja unterschiedlich groß. Ich wiege sie ab und dann sehen wir es ja.«

Sylt - Urlaub bei Frau Riemer -

Endlich wieder Urlaub auf Sylt. Lange Jahre waren wir nicht mehr auf unserer Lieblingsinsel, die wir ins Herz geschlossen haben wegen der langen Sandstrände, der Brandung, der Dünen und der kleinen Häfen in List und Hörnum. Insbesondere Wenningstedt mit dem ländlichen Charakter, mit dem Ententeich und Wäldchen und der Nähe zum Morsumkliff hatte es uns angetan.

Es hatte Jahre gedauert, um meinen Mann davon zu überzeugen, hier Urlaub zu machen. Nie wollte er auf eine Insel, auch nicht nach Sylt, wo man an einem Tag alles gesehen hätte.

Ein Geburtstagsgeschenk für mich brachte die Wendung. Wir machten in Malente Urlaub und mein Mann schenkte mir einen Tag auf Sylt. Wir ließen das Auto in Niebüll stehen und fuhren mit der Bahn auf die Insel. In der kurzen Zeit, die uns an dem einen Tag blieb, konnten wir natürlich nicht viel ansehen. Wir hielten uns in Westerland auf, bummelten durch die Straßen und liefen am Strand entlang. Mein Mann war so begeistert von der Brandung, dass er im Folgejahr auf meine Frage, wohin wir denn in den Urlaub fahren wollten, sagte: »Nach Sylt.«

Wir hatten eine Ferienwohnung im Haus von Frau Riemer, einer Seniorin. Sie versicherte uns bei einem Telefonat, dass ihr Haus ruhig gelegen ist, denn auch der Lehrer, der jedes Jahr aus Hamburg kommend bei ihr Urlaub machte, würde schon allein deshalb den Aufenthalt bei ihr wählen.

Die Vorfreude wuchs, je näher der Urlaub heranrückte. Endlich ging es los. Wir fuhren mit dem Auto durch die flache Landschaft Norddeutschlands bis zur Verladestation in Niebüll und ruckelten mit dem Autozug auf die Insel.

Das Haus in Wenningstedt war schnell gefunden. Wir klingelten und Frau Riemer öffnete uns mit den Worten:

»Da sind Sie ja. Ich möchte Ihnen aber gleich sagen, ruhig ist es bei mir nicht.«

Auf unsere Frage, dass sie doch gerade die Ruhe so angepriesen hatte, antwortete sie nur:

»Sie werden sich schon daran gewöhnen.«

Die Wohnung war sehr schön und wir waren die einzigen Gäste. Zwei Wochen vor Ostern war hier noch keine Saison.

Als wir am nächsten Morgen am Frühstückstisch saßen, fragte sie uns, ob wir schon wissen, wo wir hinwollen und ob wir glauben, dass wir uns auf der Insel zurechtfinden. Zu ihr käme nämlich öfter ein Ehepaar, das eine große Karte dabei hätte, auf der ganz viele Linien eingezeichnet wären und da würden sie draufgucken und wüssten dann, wie sie fahren müssen. Wie die das machen, hätte sie nie verstanden. Mein Mann machte sich die Mühe, ihr Autobahnen, Bundesstraßen und Landstraßen zu erklären. Sie nickte immer dazu, aber wir hatten unsere Zweifel, ob sie nun besser Bescheid wusste.

Das Frühstück war sehr reichhaltig. Die Wirtin holte frische Brötchen, stellte uns je einen Teller mit verschiedenen Wurst- und Käsesorten, ein gekochtes Ei, ein halbes Pfund Butter, Marmelade und Honig auf den Tisch. Allerdings befanden sich auf dem Teller sowohl eine Käse- als auch eine

Wurstsorte, die wir nicht mochten und zurück-gehen ließen. An den Folgetagen fanden sich diese beiden Sorten - dieselben Scheiben wohlbemerkt - immer wieder auf den Frühstückstellern, bis sie immer trockener wurden und dann eines Tages durch neue ersetzt wurden. Wir verbrachten eine herrliche Zeit auf der Insel, aber nach zwei Wochen war unser Urlaub auf Sylt leider zu Ende. Wir wollten am Abreisetag gern schon früh um sechs Uhr frühstücken, da auf dem Rückweg ein Abstecher in die Lüneburger Heide vorgesehen war.

Da Frau Riemer so früh noch nicht aufstand, einigten wir uns darauf, dass wir uns aus ihrer Küche Butter und die Behälter mit Wurst und Käse nehmen würden und sie uns eine Thermoskanne für den Tee hinstellt.

Wir betraten am nächsten Tag die Küche. Die Teekanne stand wie vereinbart auf dem Tisch, allerdings lagen keine Teebeutel daneben. Bei genauerem Hinsehen stellten wir fest, dass die Wirtin diese schon am Vorabend mit Wasser in die Kanne getan hatte, wo sie die ganze Nacht zogen und der Tee inzwischen bitter und lauwarm war. Wir kippten den Tee weg. Neue Teebeutel ließen sich nach einiger Suche finden und wir kochten uns frischen Tee.

Wer aber glaubt, wir konnten nun in Ruhe früh-stücken, der irrt. Die nächste Überraschung folgte auf dem Fuß. Wir öffneten den Kühlschrank, nahmen uns die Butter und die Behälter mit Wurst und Käse heraus, öffneten sie und ein merk-würdiger Geruch kam uns entgegen. Die Büchsen waren innen völlig schmierig und wir fragten uns, wann sie wohl zuletzt ausgewaschen worden waren. Eine Wurstsorte, die wir immer zurückgehen ließen, hatte schon Schimmel angesetzt. Lediglich das auf dem Boden der Behälter befindliche Butterbrotpapier schien vielleicht mal erneuert worden zu sein. Wir aßen daraufhin nur Toastbrot mit Butter und waren froh, dass wir das Frühstück bislang ohne dieses Wissen verzehrt hatten, wir hätten ja sonst nie mit Appetit essen können.

Das hat uns selbstverständlich nicht nachträglich den Urlaub verdorben. Wir haben die Zeit auf Sylt sehr genossen mit der frischen Seeluft, den Sonnenuntergängen, dem leckeren Fisch und den vielen Ausflügen, die wir unternommen haben. Und nicht zuletzt hat die Tatsache, dass die Wohnung doch, wie es Frau Riemer anfangs versprochen hatte, völlig ruhig war, zu einem erholsamen Urlaub beigetragen.

Sylt II

Sylt ein Jahr darauf, diesmal spät in der Jahreszeit, wenn die Herbststürme kommen und die Wellen in Westerland über die Promenade schwappen. Ungemütlich und - sobald die Dunkelheit hereinbricht - durchaus auch etwas unheimlich. Eine Jahreszeit, in der man sich, nachdem man vom Wind durchgepustet wurde, auf eine gemütliche Ferienwohnung und einen heißen Tee freut.

Wieder Wenningstedt also, aber mit neuer Unterkunft. Wir wollten unsere letzte Urlaubswoche auf der Insel verbringen.

Aber auch hier eine merkwürdige Begrüßung der Vermieterin:

»Ich denke, Sie bleiben nur eine Woche, weshalb haben Sie denn dann soviel Gepäck dabei?«

Aber dickere Sachen brauchen nun mal mehr Platz im Koffer und wir haben sie nicht gebeten, diese für uns in den ersten Stock zu tragen.

Wir betraten das Haus. Ein großes Schild wies uns darauf hin, dass hier die Schuhe auszuziehen sind. Ein wiederum verständlicher Wunsch, wie leicht trägt man den nassen Sand an den Schuhen durch das Haus. Nur die Formulierung hätte auch freundlicher sein können. Als wir die Koffer in der Wohnung abgestellt hatten, sahen wir, dass es noch weitere Hinweise zu beachten gab.

Sobald die Sonne in die Zimmer scheint, mögen wir, um die Möbel zu schonen, die Jalousien herunterlassen. Und wo bleibt dann die schöne Aussicht aus dem Fenster? Muss man ins Quartier eilen, wenn man es bei trübem Wetter und hoch-

17

gezogenen Jalousien nach dem Frühstück verlassen hat, weil plötzlich die Sonne scheint? Nur um mal eben schnell die Jalousien herunterzulassen?

In der Küche erwartete uns eine lange Liste an der Wand, auf der alle Gegenstände und deren Anzahl aufgeführt waren, die sich in diesem Raum befanden. Angefangen von Tisch und Stühlen, weiter über Töpfe, Toaster, Eierkocher bis hin zu den Besteckteilen. Die Gäste mögen doch bitte sofort die einzelnen Teile nachzählen und auf Vollständigkeit mit der Liste vergleichen, bei Abreise sind fehlende Sachen zu ersetzen.

Wir haben uns die Mühe mit der Zählerei erspart und gingen auch davon aus, dass die anderen Gäste das genauso gemacht haben und die Vermieterin auch nie nach jeder Abreise kontrolliert hat, ob noch alles vollzählig ist. Wenn einem etwas kaputt geht, ist es doch selbstverständlich, dass man es meldet und ersetzt.

Wir gingen zum Schlafzimmer und hier komme ich zum Höhepunkt der Vorschriften. An der Wand folgender Hinweis: »Bitte strapazieren Sie die Bettwäsche nicht über Gebühr.« Wir haben erstmal herzlich gelacht und uns dann gefragt, was das wohl bedeuten mag. Wir haben es allerdings auch vermieden, bei der Vermieterin nachzufragen. So wissen wir jetzt nicht, ob das Laken, auf dem an einigen Stellen der neue Schlafanzug meines Mannes einige Verfärbungen hinterlassen hatte, zu dieser Überstrapazierung gehört hätte.

Wie öffneten den letzten noch nicht betretenen Raum, das Badezimmer und rechneten stark damit, einen Hinweis zu finden, dass die Handtücher,

Zahnputzbecher und dergleichen zu zählen sind. Aber welche Überraschung, wir fanden keine Liste. Ob die ein Gast entfernt und die Wirtin das nicht bemerkt haben sollte?

Nachdem unsere Urlaubswoche beendet war, verabschiedeten wir uns, ohne auf die Verfärbung des Lakens hinzuweisen. Wir nahmen an, wir würden demnächst in Berlin einen Brief erhalten, mit der Bitte, das Laken zu ersetzen. Da er nicht kam, sind wir davon ausgegangen, dass die Verfärbungen nach der Wäsche verschwunden waren.

Hermannsburg - Lüneburger Heide

Schon seit langer Zeit wollte ich in die Lüneburger Heide. Ich stellte mir vor, kilometerweit durch lila blühende Landschaft zu fahren. Nun fuhren wir eines Jahres im August nach Hermannsburg. Wunderschöne Heidelandschaft haben wir erlebt, leider mussten wir zu den einzelnen Heidebeständen mit dem Auto hinfahren. Die Heideflächen in der Größe, wie ich mir das vorgestellt hatte, gab es leider nicht mehr. Aber auch so war es beeindruckend.

Der Sommer war heiß und staubig. Jedes Mal, wenn wir von einer Wanderung in unserem Quartier ankamen, hieß es erstmal Füße und Beine waschen, die bis zu den Knien eingestaubt waren. Wir blieben zwei Wochen in unserer Unterkunft. Wie es damals allgemein üblich war, nahmen wir an, dass die Handtücher nach einer Woche gewechselt werden. Aber als die erste Woche um war, hingen immer noch die gebrauchten Handtücher in der Dusche. Sie hingen auch noch am Tag darauf und am übernächsten Tag. Wir waren der Meinung, dass wir nun unsere Gastgeber darauf hinweisen sollten. Gesagt, getan. Wir sprachen unseren Wirt an, mit der Bitte um neue Handtücher und bekamen zur Antwort:

»Typisch Berliner, kein anderer Gast beklagt sich, aber die Berliner haben immer etwas zu meckern.«

Immerhin hingen am nächsten Tag neue Handtücher im Bad.

Auf einer Wanderung durch die Heide begegneten wir am folgenden Tag einer der wenigen Schafherden, die es heutzutage noch gibt. Wir gingen dichter an die Tiere heran um sie näher zu betrachten und den Schäfer nach einigen Dingen zu fragen, die uns interessierten. Aber wir wurden barsch zurück auf den Weg verwiesen und unsere Fragen konnten wir leider nicht stellen.

Besuche nach Lüneburg, nach Celle und in den Vogelpark Walsrode schlossen unseren Urlaub ab und mit vielen neuen Eindrücken fuhren wir schließlich zurück nach Berlin.

Braunlage - Harz

Zu der Zeit, als wir geheiratet haben, waren unsere finanziellen Verhältnisse nicht so üppig, sodass wir lediglich zwei Wochen in den Harz fuhren. Wie immer buchten wir zwei Einzelzimmer, damit ich nicht durch das laute Schnarchen meines Mannes in der Nachtruhe gestört wurde.

Bevor wir mit dem Auto in Berlin abfuhren, befestigte meine Mutter das Krönchen meines Brautschleiers am hinteren Autofenster. Nun wurden wir unterwegs ständig angehupt, es sah ja jeder, dass wir gerade geheiratet hatten. Nachdem wir in Braunlage ankamen und an unserem Feriendomizil klingelten, erschien die Wirtin und als sie das Krönchen sah, meinte sie:

»Ach, Sie haben geheiratet? Dann hätten Sie ja jetzt keine zwei Einzelzimmer mehr gebraucht und hätten ein Doppelzimmer nehmen können.«

Wir klärten sie jedoch über den Grund nicht auf. Ein Kollege, der mit meinem Mann einmal auf Dienstreise fuhr, hatte sich Schlaftabletten und Ohropax besorgt, um schlafen zu können. Und bei einem Krankenhausaufenthalt schob man meinen Mann zum Schlafen in den Aufenthaltsraum, weil sich die Bettnachbarn beschwert hatten.

Als wir uns nach zwei Wochen von der Wirtin verabschiedeten, sagte sie:

»Wenn Sie wieder einmal kommen, dann buchen Sie aber ein Doppelzimmer.«

Sylt III

Sylt, einige Jahre später. Osterzeit. Wieder Wenningstedt, aber erneut eine andere Ferienwohnung.

Wir entdeckten auf der Fahrt vom Autozug zu unserem Quartier viele mit Ostereiern geschmückte Sträucher und Bäume und kleine Osterlämmer. Ein buntes Bild nach dem langen Winter und wir waren froh gestimmt. Wir hielten vor der Unterkunft und waren gespannt, wie wir wohl diesmal empfangen werden und welche Vorschriften uns erwarten würden. Aber wir erlebten einen freundlichen Empfang der Gastgeber. Die Koffer wurden uns abgenommen und in die erste Etage getragen und wir mögen doch in einer halben Stunde ins Wohnzimmer kommen, der Kaffeetisch wäre schon gedeckt. Es gab wunderbaren Kuchen und wir wurden mit Inselgeschichten und Vorschlägen zur Gestaltung des Urlaubes bedacht. Na bitte, so kann ein Empfang auch sein.

Wir verbrachten noch viele Urlaube in dieser zauberhaften Ferienwohnung, in der wir so viel Gepäck haben durften, wie wir wollten und auch keine Teller zählen mussten.

Weihnachten

Obwohl mein Mann und ich meistens gemeinsam einen Weihnachtsmarkt besuchen, machte ich mich einmal allein auf den Weg und erstand ein Lebkuchenherz für ihn, auf dem »Ich liebe dich« stand. Dieses Herz wurde später in unserer Küche aufgehängt. Nicht nur einmal ist es passiert, dass wir Besuch bekamen, der das Herz bemerkte und fand, dass es doch eine nette Idee von meinem Mann war, mir dieses Herz zu schenken. Niemand zog in Erwägung, dass ich die Schenkende war.

Der verschwundene Schlüssel

Ich musste als Kind nie, wie es vielfach üblich war, vor der Bescherung ein Weihnachtsgedicht aufsagen. Stattdessen bastelte meine Oma für mich ein Engelskostüm. Mit diesem und einer Kerze in der Hand betrat ich das Zimmer, stellte mich vor den Weihnachtsbaum, an dem schon die Kerzen angezündet waren und sang »Vom Himmel hoch, da komm ich her«. Meine Mutter war so gerührt, dass ihr die Tränen kamen.

In einem anderen Jahr kurz vor dem Besuch des Weihnachtsgottesdienstes. Die Geschenke hatten wir, wie wir es immer taten, schon hübsch verpackt unter den Weihnachtsbaum gelegt. Niemand von uns durfte aber einen langen Blick auf sie werfen, damit er nicht schon durch die Form oder

Größe der Päckchen erraten konnte, was sie wohl enthalten würden. Mein Vater betrat aber - wir hatten schon unsere Mäntel angezogen - das Zimmer und ging in Richtung der Geschenke. Ich rief, dass er das nicht tun dürfe und er verließ das Zimmer. Sicherheitshalber schloss ich die Tür ab und versteckte den Schlüssel.

Wir gingen in die Kirche und stapften nach dem Gottesdienst durch den Schnee nach Hause. Überall in den Fenstern und Gärten brannten die Kerzen und wir freuten uns auf das Weihnachtsessen vor der Bescherung. Es gab traditionell Kartoffelsalat mit Würstchen.

Das Essen zog sich aber nicht allzu lange hin, wir mussten ja endlich sehen, was der Weihachtsmann gebracht hatte. Wir wollten das Wohnzimmer betreten, aber ich wusste nicht mehr, wo ich den Schlüssel versteckt hatte. Nun hieß es also Schlüssel suchen, anstatt Geschenke auszupacken. Wir suchten im Flur, im Esszimmer, in der Küche, nirgendwo befand sich der Schlüssel. Meine Eltern fanden es merkwürdig, dass ich mich nicht erinnern konnte, wo ich den Schlüssel gelassen hatte. Ich hatte ja gar nicht viel Zeit, mir ein besonders schwieriges Versteck auszudenken. Schließlich wollten wir pünktlich zum Gottesdienst in der Kirche sein. Also begannen wir wieder von vorn mit der Suche, was blieb uns auch sonst übrig. Ich musste niesen und holte mein Taschentuch aus der Hosentasche. Gleichzeitig hatte ich den Schlüssel in der Hand. Ich hatte ihn also tatsächlich die ganze Zeit bei mir getragen und es nicht mal gemerkt. Nun konnte die Bescherung endlich beginnen.

Tante Mia

Als ich Kind war, durfte ich kein Schmalz essen, weil meine Mutter behauptete, davon bekäme ich Pickel im Gesicht. Meine Eltern und Oma aßen aber oft Schmalzstullen. Sie rochen auch so schön, aber selten durfte ich mal eine Ecke von der Stulle abbeißen. Pickel bekamen sie nie.

Wir besuchten damals ab und an meine Tante Mia im Osten des geteilten Berlins. Ich fuhr dort immer gerne hin, denn Tante Mia, die sich so nannte, aber eigentlich Minna hieß, und Onkel Fritz besaßen einen Fernseher und wir nicht. So haben wir zunächst Kaffee getrunken und dann zusammen ferngesehen. Meine Tante wusch in dieser Zeit das Geschirr in der Küche ab und winkte mir heimlich zu. Ich ging zu ihr in die Küche und bekam meine heißgeliebte Schmalzstulle und meine Eltern haben viele Jahre davon nichts gewusst und Pickel, die meine Tante hätten verraten können, bekam auch ich nicht davon.

Gelegentlich besuchte uns Tante Mia mit meinem Onkel. Zusammen mit ihnen und meinen Eltern fuhren wir öfter zur Pfaueninsel. Ich liebte diese Insel, vor allem auch, weil meine Tante dabei war. Ich fuhr auch gerne mit der kleinen Fähre und freute mich auf die Pfauen. Meine Mutter hatte einen großen Beutel dabei mit selbst gemachtem Kartoffelsalat und Bouletten, auch einige Getränkeflaschen nahm sie mit. Wir gingen damit zur Liegewiese, wo wir alles verspeisten. Nur die Schmalzstullen fehlten. Die hatte sich meine Tante nicht getraut mitzubringen.

Später bin ich mit meinem Mann jedes Jahr auf der Pfaueninsel gewesen, die wir beide sehr mögen. Das war nicht immer so. In der Zeit, bevor wir uns kennenlernten, war mein Mann nie auf der Insel und wusste daher nicht, dass dort Rauchverbot ist. Das las er erst auf einem Schild, nachdem wir schon mit der Fähre übergesetzt hatten. Mein Mann rauchte damals viel, was dazu führte, dass ich den Rundgang mit ihm im Eiltempo absolvieren musste, damit er sich wieder eine Zigarette anzünden konnte. Inzwischen hat sich das längst geändert, da er seit Jahrzehnten Nichtraucher ist. Jetzt können wir so lange auf der Insel verweilen, wie wir es möchten und wie ich es aus meiner Kindheit gewohnt war. Nur Getränke nehmen wir nicht mit, auch keinen Kartoffelsalat oder Bouletten, sondern gehen im Anschluss in das der Insel gegenüberliegende Restaurant.

Klopfzeichen

Wir saßen abends gemütlich im Wohnzimmer, als aus dem Keller Klopfzeichen ertönten. Mein Vater ging zur Kellertür und öffnete sie. Die Geräusche verstummten, um genau in dem Moment wieder anzufangen, als sich mein Vater auf die Couch gesetzt hatte. Dieses Spiel wiederholte sich noch einige Mal, bevor meine Eltern in den Keller gingen, um nachzusehen, woher die Geräusche kamen. Von Stufe zu Stufe wurden sie lauter. Sollte es im Haus einen Geist geben? Die Ursache war nicht zu ergründen. Irgendwann hörten die Geräusche auf, aber nur, um ein paar Tage später wieder einzusetzen. Erneut fanden wir die Ursache dafür nicht.

Irgendwann erzählte meine Mutter der Nachbarin die Geschichte und damit kam sie auch hinter das Geheimnis. Die Nachbarn hatten eine Fleischerei, aber auch einen kleinen Verkaufsraum im Keller und abends hackten sie Fleisch für den nächsten Tag. Offenbar wurde das Geräusch über das Erdreich zu unserem Keller übertragen. Wir hatten also kein Geisterhaus.

Als unsere Nachbarn alt waren und ihr Geschäft längst aufgegeben hatten, stieg der Nachbar in Abständen immer in den Keller, um zu prüfen, ob die Rohrleitungen dicht waren und kein Gas austrat. Dazu machte er sich mit einer brennenden Kerze auf den Weg und er hatte wohl Glück, dass nie etwas passiert und das Haus nicht explodiert ist.

Eis oder Malzbier?

Im Sommer saßen wir im Garten, meine Eltern tranken ein Bier oder aßen Eis. Ich durfte dann wählen, ob ich lieber ein Eis essen oder ein Malzbier trinken wollte. Für mich war das oft eine schwierige Entscheidung, denn beide Sachen gab es nicht. Hatte ich das Eis geschleckt oder das Malzbier getrunken, bekam ich oft das Gefühl, die falsche Wahl getroffen zu haben. Nur in Ausnahmefällen erhielt ich etwas Geld und durfte mir aus der Fleischerei vom Nachbarn wenigstens ein Würstchen holen.

Willingen - Sauerland

Wir hatten uns das Sauerland als Urlaubsziel ausgesucht, eine Gegend, die in unserem Freundeskreis völlig unbekannt zu sein schien. Niemand hatte je davon gehört.

Wir landeten in einer netten Frühstückspension. Die Wirtin war freundlich, unterhielt sich mit allen Gästen und wir hatten schnell Kontakt zu dem Ehepaar an unserem Frühstückstisch und mit anderen Gästen. Gleich am ersten Tag waren wir im Verkehrsamt, um uns eine Wanderkarte zu besorgen, auf der wir die Wegekennzeichnungen für unsere Touren verzeichnet fanden. Wir sind damals viel gewandert, häufig auch Strecken von zwanzig und mehr Kilometern. Aber wir legten auch Tage mit kürzeren Wanderungen ein und entschlossen uns für einen Rundweg von nur sechs Kilometern Länge.

Der Weg führte uns zunächst durch Wiesen und auf Waldwege mit schönen Ausblicken ins Tal und die umliegenden Ortschaften. Dann wurde der Wald dichter, Ausblicke gab es nicht mehr. Wir folgten der Raute, so dass wir uns eigentlich nicht verlaufen konnten. Schließlich erreichten wir eine Weggabelung. Beide Wege waren mit der Raute gekennzeichnet, aber welchen sollten wir nehmen? Ein Blick auf die Karte machte uns auch nicht schlauer, wir fanden diesen Abzweig nicht eingezeichnet. Wir kamen dann zu dem Schluss, dass es egal war, welchen Weg wir wählen würden. Wahrscheinlich würde sich der Weg nur ein kurzes Stück teilen und dann wieder zusammenführen. Wir entschieden uns für den linken Abzweig. Nachdem der Weg aber zwanzig Minuten nur geradeaus führte und wir keine Raute mehr sahen, kehrten wir um und gingen in die andere Richtung. Wir liefen und liefen, hatten aber keine Ausblicke, um zu sehen, wo wir uns befanden. Nochmal umkehren und den Weg nach Willingen zurückgehen, den wir gekommen waren, wollten wir aber auch nicht, zumal auch die Raute plötzlich in regelmäßigen Abständen immer wieder auftauchte.

Aber wir liefen schon so lange und es sollten ja insgesamt nur sechs Kilometer sein. Plötzlich führte der Weg kontinuierlich bergab und schließlich standen wir an der Bundesstraße. Die kannten wir, hier waren wir schon oft mit dem Auto zurück nach Willingen gefahren.

Auf der anderen Straßenseite befand sich am Hang eine Lungenklinik. Mein Mann meinte, da wären wir ja ewig weit von unserem Ort entfernt und da es hier eine Buslinie gab, schlug er vor, mit dem Bus zurückzufahren.

Der war aber gerade weg und fuhr nur stündlich. Ich hatte den Weg nicht so weit in Erinnerung, hatte aber nicht bedacht, dass es einen Unterschied macht, ob man mit dem Auto fährt oder läuft. Warten wollten wir auch nicht und ein Restaurant, in dem wir die Zeit hätten überbrücken können, gab es nicht. Es war heiß und lief sich nicht gerade schön auf dem Asphalt. Nach einiger Zeit sagte mein Mann, ich solle mich bloß nicht umsehen, was ich aber dann doch tat, und bekam einen Schreck. Wir sahen hinter uns die Lungenklinik und es schien, als hätten wir uns erst ein kleines Stück davon entfernt. Wir trösteten uns damit, dass hinter

31

der nächsten Kurve Willingen vor uns auftauchen würde. Aber es folgten noch viele Kurven, bis wir dann endlich unseren Urlaubsort erreicht hatten und die nächste Gastwirtschaft war unsere. Wir bestellten uns erschöpft eine große Flasche Mineralwasser und tranken sie hintereinander aus.

Als wir am Abend unserer Wirtin von dem Ausflug erzählten und über die schlechte Markierung sprachen, sagte sie uns, dass an der Weggabelung zwei Bundesländer zusammentreffen und beide zufällig die Raute für die Wegmarkierung genommen hätten, jeder Weg aber woanders hinführt. Leider wären die Karten nicht auf dem neusten Stand. Wie hätten wir das ahnen sollen.

Am nächsten Morgen trafen wir unsere Wirtin dabei an, wie sie die Sachen eines Ehepaares aus deren Zimmer räumte. Erstaunt fragten wir, ob sie abreisen. »Nein«, meinte unsere Vermieterin, das Ehepaar wäre nur über das Wochenende in einem anderen Ort um sich mit Freunden zu treffen. Eben hätte sie eine Anfrage vom Verkehrsamt bekommen, ob sie über das Wochenende Zimmer frei hätte. Nun würde sie das Zimmer des Ehepaares räumen, denn die nutzen es ja nicht und so könne sie es vermieten und zu Wochenbeginn wieder einräumen.

Was soll man dazu sagen? Wir fanden es schon unverschämt, einfach die Sachen der Leute aus den Schränken zu holen und sich die Zimmer möglicherweise auch noch doppelt bezahlen zu lassen.

Willingen - einige Jahre später

Wir hatten in diesem Urlaub eine hübsche, ebenerdige Ferienwohnung. Als wir am zweiten Tag am Frühstückstisch saßen, guckte eine Katze erwartungsvoll durch die Terrassentür. Als Katzenliebhaber öffneten wir ihr natürlich und sie bekam ein kleines Stück gekochten Schinken. Das schien sie sich gemerkt zu haben, denn am Folgetag erschien sie wieder zur Frühstückszeit. Nun beschlossen wir, eine Dose Katzenfutter zu besorgen. Und natürlich ließ sie uns am nächsten Tag nicht im Stich. Nachdem wir ihr ein Tellerchen gefüllt hatten, schlossen wir die Terrassentür, wir wollten nicht, dass sie in die Wohnung kommt und irgendwelchen Schaden anrichtet. Aber kaum war die Terrassentür eine Weile zu, stand die Katze trotzdem im Zimmer. Sie war einfach ums Haus gegangen und durch das geöffnete Schlafzimmerfenster hereingesprungen. Das Tellerchen auf der Terrasse war leer und nun bettelte sie am Frühstückstisch.

Als wir am nächsten Morgen die Tür öffneten, saßen da plötzlich zwei Katzen. Wir berechneten daraufhin, wie viele Dosen Katzenfutter wir wahrscheinlich für beide Katzen bis zu unserem Urlaubsende brauchen würden, um nicht jeden Tag neues Futter kaufen zu müssen.

Aber plötzlich saßen eines Tages drei Katzen vor der Tür und warteten auf Futter. Offenbar hatte die erste Katze den anderen in der Nachbarschaft Bescheid gesagt, wo es leckeres Futter gab. Jetzt konnten wir nur noch hoffen, dass nicht jeden Tag eine weitere Katze hinzukam, was aber glücklicherweise nicht geschah.

Am Abreisetag hatten wir schon etwas Mitleid mit den Vierbeinern. Sie würden ja wieder morgens vor der Terrassentür sitzen und auf ihr Futter warten. Wir hofften, dass sie Glück haben würden und wieder Katzenliebhaber einzogen.

Einen Tag vor unserer Heimfahrt machten wir noch einen Spaziergang, als uns eine kleine Katze entgegenlief. Sie strich um unsere Beine und ich streichelte sie. Mein Mann nahm sie auf den Arm und sie strich mit ihrem Köpfchen an seinem Gesicht entlang und schnurrte. Plötzlich aber fing sie an zu strampeln und bevor mein Mann sie auf die Erde setzen konnte, hieb sie ihm mit der Pfote rechts und links an die Brille. Das hatte zur Folge, dass ihm die Brille von der Nase fiel und den asphaltierten Weg auf den Gläsern hinunterrutschte. Aber er hatte Glück, sie war nicht sehr stark in Mitleidenschaft gezogen.

Die Katze hatte sich inzwischen aus dem Staub gemacht.

Cuxhaven - Duhnen

In Duhnen fanden wir eine Unterkunft mit zwei Einzelzimmern. Die Atmosphäre war freundlich und familiär. Wie familiär erfuhren wir kurz nach unserer Ankunft. Uns wurde mitgeteilt, dass es Frühstück um 8:30 Uhr geben würde. Wir möchten doch bitte pünktlich erscheinen, denn die Gastgeber legen Wert auf Kontakt mit den Gästen und einen gemeinsamen Start in den Tag, deshalb gäbe es festgelegte Frühstückszeiten. Sowas kannten wir bisher nicht. Es war glücklicherweise die Uhrzeit, an der wir normalerweise im Urlaub zum Frühstück erscheinen, aber sicher nicht jedermanns Sache, andere Gäste würden vielleicht noch gern eine Stunde länger schlafen oder schon zu einer früheren Uhrzeit frühstücken.

Zwei Minuten vor halb neun ertönte der Gong im Haus, Zeit, sich auf den Weg zum Frühstücksraum zu machen. So saßen wir dann täglich mit den Vermietern und allen anderen Gästen an einem großen Tisch gemeinsam beim Frühstück, ob wir das nun wollten oder nicht und alle verließen gleichzeitig wieder den Frühstückstisch. Das Geschirr zusammen abräumen mussten wir aber nicht.

Einmal in der Woche fand die Prieltaufe statt, an der wir natürlich teilnehmen wollten, da wir so eine Veranstaltung noch nie mitgemacht hatten. Viele Leute versammelten sich am Strand, die meisten in Badeanzügen. Dann kam eine Kapelle anmarschiert, gefolgt von Neptun und seinen Begleitern. Und auf ging es ins Watt. Die Kapelle voran, die Urlaubsgäste folgten. Nun wurden nicht etwa, wie wir erwartet hätten, Seemannslieder gespielt, nein, es erklangen Lieder wie »Warum ist es am Rhein so schön« und »Oh, du wunderschöner deutscher Rhein«, so dass wir uns fragten, ob die Mitglieder der Kapelle wohl vom Rhein stammten und an die Nordsee gezogen waren. Wir hatten aber nicht den Eindruck, dass es die anderen Urlaubsgäste unpassend fanden. Alle sangen fröhlich mit. Vielleicht war es nur uns aufgefallen.

Die Prieltaufe ging dann folgendermaßen vor sich: Die Gäste, die daran teilnehmen wollten, setzten sich alle im Kreis auf den Meeresboden. Neptun betrat mit seinem Gefolge die Mitte des Kreises und sagte einen Spruch auf. Die männlichen Gäste wurden mit einer großen Kelle Rasierschaum eingeschmiert, den weiblichen wurde ein Eimer Watt über die Köpfe gekippt. Zum Schluss bekam dann jeder Teilnehmer eine Urkunde und konnte zusehen, wie er den Schaum vom Gesicht bzw. den Schlamm vom Kopf bekam.

Einen etwas verregneten Nachmittag verbrachten wir im Quartier. Mein Mann las in seinem Zimmer und ich machte mich auf in die Kaffeeküche und setzte mich mit einer Tasse Kaffee in den Aufenthaltsraum. Nach einer Weile erschien einer der Gäste, ein sehr netter jüngerer Mann und setzte sich zu mir und wir unterhielten uns eine Weile. Plötzlich erzählte er mir, seine Frau hätte sich hingelegt. Sie hätte doch immer mal wieder Kopfschmerzen und er versteht nicht, weshalb sie sich dann gleich immer hinlegen muss. Er wollte wissen, ob ich mich auch hinlegen würde, wenn ich Kopfschmerzen habe. Da ich in der Regel nicht darunter litt, konnte ich ihm nicht weiterhelfen, aber erklärte ihm, dass Kopfschmerzen von unterschiedlicher Intensität sein können und auch mal von Übelkeit begleitet wurden. Dann wäre es sicher günstiger, sich hinzulegen. Ich verabschiedete mich und er erhob sich, um sich bei mir zu bedanken und gab mir einen Handkuss mit den Worten: »Mehr ist ja wohl leider nicht angebracht.« Was auch immer er damit ausdrücken wollte. Ich denke aber, dass es wohl der erste - und bisher auch letzte - Handkuss in meinem Leben gewesen ist.

Warmensteinach - Fichtelgebirge

Es war Herbst, als wir hier in einer Pension unseren Urlaub verbrachten. Pilz-Zeit also. Wir bestellten uns im Restaurant öfter ein Gericht mit Schwammerln, da wir sie sehr gern aßen. Als wir von einer Wanderung zurück ins Quartier kamen, saß die ganze Familie im Garten um einen Tisch und putzte die gesammelten Pilze. Wir gesellten uns dazu und bewunderten die Menge und unterschiedlichen Sorten. Wir kannten nur Pfifferlinge und Steinpilze, aber auch diese beiden Sorten würden wir nicht sammeln und dann zubereiten wollen, da wir uns nie sicher waren, ob wir sie nicht mit einem anderen Pilz verwechselt haben könnten. Unsere Wirtin fragte, weshalb wir nicht trotzdem einmal in die Pilze gehen wollten. Sie gab uns einen Korb und ein Messer und versprach, sie auszusortieren und uns dann die essbaren zum Mittagessen zu schmoren.

Also zogen wir am nächsten Tag los, um Pilze zu suchen - und fanden jede Menge. Mit gut gefülltem Korb kamen wir zurück, kippten ihn stolz vor unserer Gastgeberin aus, die sich, je länger sie sortierte, ein Lachen verkniff. Als sie fertig war, lagen alle Pilze, die nicht essbar waren, auf der einen Seite. Es waren viele. Dann hielt sie einen in der Hand hoch und sagte, nun laut lachend, das wäre der einzige, den man essen kann, aber eine Mahlzeit könne sie uns davon nicht bereiten.

Auf der Fahrt in irgendeinen Urlaub

Ich weiß nicht mehr, wo unsere Reise hinging, aber nach längerer Fahrt auf der Autobahn machten wir Halt, um uns ein wenig die Füße zu vertreten und eine Kleinigkeit zu Mittag zu essen. Wir saßen uns in der Raststätte auf einer Bank gegenüber, bestellten das Essen und unterhielten uns über die restliche Fahrtstrecke. Anschließend machten wir uns auf den Weg zu unserem Auto, nachdem wir zuvor noch die Toiletten aufgesucht hatten. Da bemerkte ich plötzlich, dass ich meine Handtasche nicht dabei hatte. Mein Mann meinte, ich hätte sie womöglich im Auto gelassen. Ich glaubte das nicht, war mir in der Aufregung aber nicht sicher. In der Tasche waren ja alle Wertsachen: Geld, Ausweis, Führerschein, EC-Karte. Also zunächst zum Auto, da war sie aber nicht. Auf der Toilette konnte sie nicht sein, da war ich mir ziemlich sicher, aber ich sah vorsichtshalber doch noch nach. Erwartungsgemäß fand ich sie nicht, also zurück ins Restaurant. An unserem Tisch saß noch niemand, wir sahen nach, aber die Tasche war weder auf oder unter dem Tisch und lag auch nicht auf der Bank. Möglicherweise hatte sie schon jemand mitgenommen. Wir fragten die Kellnerin, die uns bedient hatte, ob jemand meine Handtasche abgegeben hat, aber sie verneinte, kam dann aber mit zu unserem Platz, um auch noch nachzusehen. Sie guckte auf und unter dem Tisch, auf der Sitzbank, genau wie wir es getan hatten, aber natürlich lag sie da nicht. Ich regte mich immer mehr auf. Plötzlich griff sie in einen Spalt zwischen Sitzbank und Heizkörper und zog meine Handtasche hervor. Der Spalt war nicht groß und doch war meine Tasche genau dazwischen gerutscht. Mir fiel ein Stein vom Herzen und dankbar belohnten wir sie mit einem ordentlichen Trinkgeld.

Vom Hund gebissen I

Mein Mann und ich besuchten eine Fischbörse, die in einer Kneipe mit Vorgarten abgehalten wurde. Wir waren kurz vor der Eingangstür, als aus dem Nichts ein großer Hund auftauchte, in meine Richtung rannte und mir in den Po biss. Genauso schnell wie er gekommen war verschwand er wieder. Zum Glück hatte ich noch einen Mantel an, so dass mein Allerwertester nur eine Rötung aufwies, wogegen der Mantel eine »Bisswunde« hatte.

Vom Hund gebissen II

Einige Jahre machte ich die Steuererklärungen für Frau Lohrberg, die früher eine Praxis für Kosmetik und Fußpflege hatte und nun nur noch einige Stammkunden in ihrer Wohnung behandelte. Zur Zeit hatte sie den kleinen Hund einer ihrer Kundinnen bei sich. Er begrüßte mich freundlich und ließ sich streicheln. Während ich die Steuersachen erledigte, lag er ruhig auf dem Fußboden. Sobald ich ihn ansprach, kam er angelaufen und holte sich noch einige Streicheleinheiten ab. Als der Schriftverkehr beendet war, meinte Frau Lohrberg, sie würde mal kurz eine Straße weiter zum Bäcker gehen und Kuchen holen, damit wir gemeinsam Kaffee trinken konnten.

Gesagt, getan, machte sie sich auf den Weg, während ich mich mit dem Hund unterhielt. Dann kam ich auf die Idee, die Toilette aufzusuchen. Als ich die Tür zum Korridor wieder öffnete, stand der Hund davor und kläffte mich an. Ich sprach ihn freundlich an, machte einen Schritt auf ihn zu, als er mich ansprang und mir in die Wade zwickte. Schnell schloss ich die Tür vom Bad wieder, der Hund bellte weiter davor und ich wartete, bis Frau Lohrberg mit dem Kuchen wieder auftauchte. Der Hund hörte sofort auf zu bellen, ich traute mich aus dem Badezimmer und alles war wieder gut. Der Hund ließ sich von mir streicheln wie zuvor. Er wollte wohl nur die Wohnung verteidigen und hatte ja nicht doll zugebissen. Ohne Beisein von Frau Lohrberg hatte er mich offenbar als Eindringling angesehen.

Diese Ereignisse trugen nicht gerade dazu bei, meine ohnehin vorhandene Angst vor Hunden zum Verschwinden zu bringen. Woher diese Angst kam, weiß ich nicht, mir hatte nie zuvor ein Hund etwas getan.

Dagegen liebte ich Katzen über alles und rannte jeder hinterher. Eine Angst vor Katzen wäre zu erklären gewesen, da mich eine Katze als Kind mal in den Kopf gebissen hatte. Mein Onkel besaß mehrere Katzen und da ich sie so liebte, hatte er meinen Eltern eine abgegeben. Sie war erst einige Tage bei uns zu Hause und ich spielte, wann es irgendwie ging, mit ihr. In unserem Wohnzimmer befand sich ein niedriger Kachelofen. Ich kletterte oft - aber von meinen Eltern gar nicht gern gesehen - auf die danebenstehende Couch und von dort auf den Ofen. Vom Ofen sprang ich dann mit einem lauten Kreischen hinunter. Dieses Kreischen muss die Katze wohl nicht gemocht haben. Sie sprang auf meinen Kopf, krallte sich fest und biss mich. Zum Glück war nicht viel passiert und obgleich ich die Katze immer noch sehr liebte, wurde sie von meinen Eltern als zu gefährlich eingestuft und an meinen Onkel zurückgegeben.

Alt oder doch nicht?

Meine Freundin und ich kehrten mit dem Auto von einem Ausflug nach Hause zurück. Unterwegs hatten wir angehalten, weil sie noch schnell einige Einkäufe machen wollte. Ich setzte mich derweil auf eine kleine Mauer und wartete. Gleich nebenan befand sich ein Kindergarten und die Kinder wurden gerade von ihren Müttern abgeholt. Ein kleines Mädchen balancierte auf der Mauer auf mich zu. Kurz vor mir blieb sie stehen und fragte:

»Bist du eine Oma?«

»Nein, ich bin keine Oma«, antwortete ich. Die Kleine sah mich ungläubig an und überlegte. Dann meinte sie: »Du bist doch eine Oma«, und rannte davon. Wahrscheinlich hatte ich ein ähnliches Alter wie ihre Großmutter und wurde deshalb als Oma eingestuft.

Meine richtige Oma lebte seit einiger Zeit im neunten Stock einer Seniorenresidenz. Ich war damals Mitte vierzig und besuchte sie häufig. Ich stieg in den Fahrstuhl um in die neunte Etage zu gelangen. Mit mir im Fahrstuhl befanden sich einige Bewohner der Einrichtung, die ich alle um die achtzig Jahre schätzte. Plötzlich fragte mich einer von ihnen, ob ich wohl neu hier eingezogen wäre. Ich verneinte natürlich. So alt fühlte ich mich nun doch noch nicht.

Nur zwei Wochen später fuhr ich mit einem Taxi nach Hause. Der Taxifahrer war sehr nett und wir unterhielten uns während der Fahrt. Er erzählte, dass er Mitte vierzig wäre und ihm die Nachtschichten immer schwerer fallen würden. Er

44

meinte, dass ich das vielleicht nicht verstehen könnte in meinem Alter.

Ich erwiderte, dass ich genauso alt wäre wie er, worauf er erstaunt sagte: »Sie sind Mitte vierzig? Ich hätte Sie zehn Jahre jünger geschätzt.«

Erstaunlich, wie man innerhalb von vierzehn Tagen solche Alterssprünge machen kann.

Puppe Heidi

Ich hatte als Kind einen kleinen Stoffaffen und eine Stoffpuppe, die ich innig liebte, bis ich Puppe Heidi bekam und einen Puppenwagen noch obendrein. Von da an setzte ich sie regelmäßig in den Puppenwagen und machte einen Ausflug zu dem nahe gelegenen Spielplatz. Dort nahm ich die Puppe aus dem Wagen, damit sie auch einmal die Rutsche hinunterrutschen konnte. Auf dem Klettergerüst durfte sie balancieren. Ich weiß nicht mehr, wie es passierte, aber die Puppe musste sich wohl gestoßen haben, denn plötzlich hatte sie ein Loch im Kopf. Ich setzte sie schnell in den Puppenwagen, bedeckte ihren Kopf mit einem Tuch, damit niemand das Loch sah und fuhr nach Hause.

»Die Puppe ist hingefallen«, sagte ich zu meiner Mutter und zeigte ihr das Loch. Nun war guter Rat teuer, denn einen Puppendoktor gab es nicht in der Nähe und die Puppe hatte nun ständig dieses Loch im Kopf. Ich war traurig deswegen, aber ich mochte Heidi nicht mehr mit diesem Loch.

Meine Mutter machte mir einen Vorschlag:

»Wollen wir Heidi ein Kopftuch umbinden, damit man das Loch nicht sieht und sie auf dem Spielplatz in den Sand setzen? Vielleicht sieht sie ein Kind, das keine Puppe hat und Heidi mit zu sich nach Hause nimmt.«

Mit dieser Lösung war ich einverstanden. Wir setzten Heidi in den Sandkasten, ich winkte ihr nochmal zu und wir gingen ohne die Puppe heimwärts.

Wenn ich heute daran zurückdenke, finde ich, dass der Vorschlag meiner Mutter doch etwas fragwürdig war. Sie empfahl mir ja gewissermaßen, mein Puppenkind auszusetzen.

Die Sachen, die meine Puppen trugen, mussten natürlich auch mal gewaschen werden. Meine Mutter spannte im Garten eine Wäscheleine auf und stellte mir eine Schüssel mit Seifenlauge hin. Nachdem ich die nassen Sachen aufgehängt hatte, wartete ich, bis sie wieder trocken waren. Das dauerte im Garten nicht lange. Ich nahm alle Kleidungsstücke von der Leine ab, lief zu meiner Mutter und bat sie darum, die Sachen zu bügeln. Das tat sie nicht gern bei so kleinen Stücken. Sobald die Puppen ihre Kleider einmal getragen hatten, wollte ich sie wieder waschen und selbstverständlich sollten sie auch wieder gebügelt werden. Das machte meine Mutter aber nicht lange mit und erklärte mir eindringlich, dass die Puppen ihre Sachen auch mehrmals hintereinander anziehen können.

Das Schaukelpferd

Als ich vier Jahre alt war, bekam ich zu Weihnachten ein Schaukelpferd geschenkt. Es stand vor dem warmen Kachelofen und ich setzte mich darauf, um zu schaukeln.

Obwohl ich meines Wissens ein artiges Kind war, musste meine Mutter ständig rufen, wenn ich das Schaukelpferd verlassen sollte, weil Essenszeit war. Doch sobald wir mit dem Essen fertig waren, rannte ich ins Wohnzimmer und kletterte erneut auf das Schaukelpferd. Wenn meine Mutter Zeit hatte, setzte sie sich daneben in den Sessel. Nun fiel mir ein, dass sie mir ja ein Lied vorsingen könnte, während ich vor mich hin schaukelte. Das tat sie auch, aber ich rief ständig: »Mama noch einmal«, oder »Mama ein anderes Lied«, bis sie keine Lust mehr hatte und das Zimmer verließ. Dann hatte auch ich keine Lust mehr zu schaukeln.

Was ich aus meiner Kindheit in Erinnerung habe, sind vielerlei Gerüche. So weiß ich noch genau, wie die Räume in meiner Schule gerochen haben oder wie der Geruch im Treppenhaus war, wenn ich meine Freundin besuchte und erinnere mich daran, wie es nach frischer Erde roch, wenn meine Mutter den Garten gesprengt hatte.

An einen lauen warmen Frühlingsabend denke ich gern zurück, an dem der Garten von Fliederduft übersät war. Wir hatten nur einen Fliederstrauch, aber es war, als würden Büsche dicht an dicht in unserem Garten stehen. Ich habe so einen intensiven Duft nach Flieder niemals mehr wahrgenommen. Es verwundert mich immer wieder, dass die Erinnerung daran noch nach so vielen Jahrzehnten präsent ist.

Schlechte Zeiten II - Schwarzmarkt

Ich erinnere mich daran, dass mein Vater auch öfter auf den Schwarzmarkt ging, um irgendetwas gegen Lebensmittel zu tauschen, damit wir etwas zu essen hatten. Meine Mutter war immer froh, wenn er ungeschoren wieder zu Hause eintraf. Die Zeiten waren eben schwierig so wenige Jahre nach Kriegsende. Wir wurden zwar satt, aber die Gerichte waren immer einfach. Fleisch gab es nur am Sonntag. Wochentags wurde gekocht, was nicht viel kostete. So gab es Eier in jeder Variation: Rühreier, Spiegeleier, Eier mit Senfsauce, Eier mit Majonaisesauce, Saure Eier. Auch Quark mit Pellkartoffeln, Brotsuppe, Milchreis, Milchnudeln mit Anis, Eintöpfe mit wenig Fleisch und dergleichen kamen auf den Tisch. Wenn die Woche um war, ging es wieder von vorne los.

Meine Oma hat auch viel Obst aus dem Garten eingekocht, Äpfel, Birnen, Pflaumen, alles, was die Bäume im Garten hergaben. Da Gerichte wie Milchnudeln nicht lange satt hielten, gab es stets einen Nachtisch. Jeden Tag wurde ein anderes Weckglas geöffnet und leergegessen. Auch hierbei wiederholte sich die Reihenfolge, sobald wir mit den verschiedenen Obstsorten durch waren.

Wir hatten einen Kachelofen, den mein Vater gebaut hatte. In der Ofenröhre machten wir im Winter Bratäpfel.

Für den Ofen wurden Kohlen geliefert und durch das Fenster in den Keller geschüttet. Meine Mutter schimpfte immer, wenn die Kohlen aus dem Keller in die Wohnung geholt wurden, weil dann der ganze Kohlenstaub an den Schuhen war und auf den Treppenstufen.

Kartoffelfeuer

Ich ging gelegentlich im Herbst zu meiner Freundin, wenn ihre Eltern Kartoffelfeuer machten. Wir saßen alle um das Feuer herum, sangen Lieder und warteten, dass die Kartoffeln gar wurden. Dazu gab es meist einen Salat aus gesammelten Kräutern.

Mit dieser Freundin bin ich im Oktober mit einem Handwagen losgezogen, um Kastanien und Eicheln zu sammeln, die ihr Vater dem Zoo verkaufte. Wir mussten immer ganz zeitig losgehen, damit wir möglichst die ersten Sammler waren und unsere Körbe voll wurden. Wir liefen an jedem Morgen los, zuerst zu den Kastanienbäumen, weil sich die Kastanien leichter sammelten als die Eicheln. Aber wir scheuten auch die Mühe mit den Eicheln nicht. Wir wollten ja unser bescheidenes Taschengeld aufbessern und haben am Ende der Sammelaktion jeder zwanzig Mark bekommen, was für uns damals sehr viel Geld war.

Auf dem Wochenmarkt

Schon immer hielt sich meine Großmutter an die Naturheilkunde. Sie ging zu keinem Arzt, sondern zu einem Homöopathen, wenn sie irgendwelche Erkrankungen hatte und nahm kleine weiße Kügelchen aus braunen Fläschchen ein.

Wenn die Erkrankung nicht ganz so arg war, ging sie mit mir auf den Wochenmarkt. Dort gab es einen großen Stand mit vielen Teesorten, der gut besucht war. Wir reihten uns in die Schlange ein. Sehr lange warten mussten wir allerdings nicht, denn die meisten Leute kauften nur eine oder zwei Tüten. Teebeutel gab es nicht. Jede Teesorte war lose und die Menge musste abgewogen und in Tüten geschüttet werden.

Bald waren wir an der Reihe. Bei meiner Oma ging es allerdings nicht so schnell. Sie kaufte eine Teesorte nach der anderen und je mehr es wurden, desto peinlicher wurde es mir. Ich blieb dann nicht lange neben Oma stehen, sondern ging einige Schritte zur Seite und tat so, als würde ich nicht zu meiner Oma gehören. Die Schlange wuchs nämlich ständig an und die Leute fingen schon an ungeduldig zu werden, was meine Oma aber nicht störte. Alle waren froh, als sie endlich bezahlt hatte und wir verließen oft mit zehn oder zwölf Tüten den Markt.

Zu Hause wurden wir alle mit Tees versorgt, sobald wir ein Wehwehchen äußerten. Einige Tees schmeckten auch ganz gut, andere fürchterlich. Ob sie immer halfen, weiß ich heute nicht mehr. Ich kann mich nur noch daran erinnern, dass ich einmal

Magenschmerzen hatte und meine Oma mir bitteren Wermuttee zubereitete, den ich in kleinen Schlucken trinken musste und der bei jedem Schluck bitterer schmeckte. Geholfen hat er aber.

Telefonzellen

Wir besaßen früher kein Telefon wie so viele andere Menschen auch. Wenn wir jemanden erreichen wollten, der schon ein Telefon besaß, hieß es zur Telefonzelle zu laufen. Für zwanzig Pfennige konnte man damals unbegrenzt telefonieren. Wenn man Glück hatte. Meist aber standen vor der Zelle schon mehrere Leute, die ebenfalls irgendwo anrufen wollten und hofften, dass das Telefonat des Vorgängers nicht zu lange dauerte. War das doch der Fall, wurde an die Scheibe geklopft und auf ein Schild gezeigt, auf dem stand: »Fasse dich kurz«. Wenn mal eine Telefonzelle kaputt war, musste man mehrere Straßen entfernt zu einer anderen gehen und die Schlange der Wartenden war dann noch größer.

Ich erinnere mich daran, als meine Oma starb. Niemand hatte in unserer Verwandtschaft ein Telefon, lediglich mein Cousin, der als Geschäftsmann auch ein Auto besaß. So bestand die Möglichkeit, dass das Krankenhaus bei ihm anrufen und ihm den Todesfall mitteilen konnte. Er fuhr die große Verwandtschaft der Reihe nach ab, damit alle erfuhren, dass die Oma gestorben war.

Heute, so viele Jahrzehnte später, gucken einen Jugendliche ungläubig an und können gar nicht verstehen, dass man so leben konnte. Es soll ja sogar schon vorgekommen sein, dass sie im Zeitalter von Computer und Smartphone vor ein altes Telefon mit Wählscheibe gesetzt wurden und nicht wussten, wie man es bedient.

Große Ferien

In meiner Grundschule wurden Schildkröten und Meerschweinchen gehalten. Vor den Sommerferien wurden wir Kinder gefragt, ob wir eventuell eines der Tiere mitnehmen und es bei uns zu Hause pflegen könnten. Meine Freundin fragte ihre Eltern und durfte ein Meerschweinchen mitnehmen. Das erzählte ich sofort meinen Eltern, weil ich auch gern eins gehabt hätte.

»Du bringst aber kein Meerschweinchen mit«, rief meine Mutter ganz entsetzt. Ein paar Tage vergingen und alle Tiere konnten von einer Schülerin oder einem Schüler mitgenommen werden, lediglich eine Schildkröte blieb übrig. Ich sah in den Pausen nach ihr. Als meine Lehrerin das bemerkte, fragte sie, ob ich sie gern pflegen würde. Ich sagte sofort ja und meine Lehrerin erwiderte: »Sind deine Eltern auch damit einverstanden?«

»Ja«, antwortete ich schnell. Meine Mutter hatte ja nur verboten, dass ich ein Meerschweinchen mitbringe, von einer Schildkröte hatte ich nichts erzählt. So wurde mir ein Karton mit etwas Futter überreicht und ich trug die Schildkröte schnell nach Hause.

Meine Mutter hätte nun schimpfen können so viel sie wollte. Die Schule war geschlossen und so konnte ich die Schildkröte nicht zurückbringen.

Am Ende der Ferien stellte ich fest, dass die Schildkröte doch ein langweiliges Tier war.

Geburtstagswunsch

Als ich etwas größer war, wünschte ich mir ein
Fahrrad. Meine Freundin hatte auch eins zu ihrem
Geburtstag erhalten und ich war voller Erwartung,
dass auch ich eins zum neuen Lebensjahr geschenkt
bekommen würde. Es stand auch etwas im Garten,
zugedeckt mit einer Decke. Es hatte die Größe von
einem Fahrrad. Als ich die Decke wegzog, kam
jedoch ein Roller zum Vorschein. Es war ein schöner Roller, kein kleiner aus Holz, und er hatte große
Gummireifen. Ich kann nicht sagen, dass er mir
nicht gefiel, aber es war eben kein Fahrrad. Ich
bekam keins, weil meine Mutter befand, dass es
wegen des Straßenverkehrs viel zu gefährlich wäre.
Dabei gab es bei dem immer noch vorhandenen
Kopfsteinpflaster nicht wesentlich mehr Autos als
vor Jahren, als ich noch mit meinem Ball unterwegs
war. Ich war schon etwas neidisch auf meine Freundin, die mit ihrem Fahrrad wesentlich schneller
fahren konnte als ich mit meinem Roller.
Ein Fahrrad war für mich nie mehr ein Thema.
Ich habe auch bis heute nicht Rad fahren gelernt.
Lediglich einen Versuch habe ich irgendwann, als
ich längst erwachsen war, mit einem geborgten
Klappfahrrad unternommen. Ich versuchte, auf
dem Bürgersteig die Balance zu halten, während
mein Mann langsam mit dem Auto hinterher fuhr.
Das fand ich schon irgendwie peinlich.

Kinderspiele

Als Kind habe ich gern mit meinem Ball auf der Straße gespielt. Es fuhren damals kaum Autos in unserer Straße mit dem Kopfsteinpflaster. Trotzdem musste ich meiner Mutter versprechen, dass ich nicht dem Ball hinterherrenne, falls er auf die Fahrbahn rollen sollte, damit ich nicht von einem Auto überfahren wurde. Ich hielt mich daran und spielte immer auf dem Bürgersteig. Aber einmal passierte es eben doch, der Ball rollte auf die Fahrbahn und ich rannte hinterher. Autoreifen quietschten und der Autofahrer hielt an, damit ich meinen Ball holen konnte. Er schimpfte auch nicht mit mir und ich war froh, dass es niemand sonst bemerkt hatte.

Wie hatte ich mich geirrt. Als ich nach Hause kam, erwartete mich meine Mutter, schimpfte ganz schrecklich mit mir und sagte, ich hätte überfahren werden und tot sein können und hat mir den Allerwertesten versohlt. Es war das einzige Mal, dass ich Haue bekommen habe. Später erzählte mir meine Mutter, dass es ihr hinterher so leidgetan hat.

Und woher sie es wusste? Unsere Briefträgerin hatte mitbekommen, wie ich dem Ball nachgelaufen war, hat bei meiner Mutter geklingelt und mich verpetzt. Ich hätte ihr das nicht zugetraut, weil sie doch immer so nett zu mir war.

Ich wurde öfter mit einer Blechkanne zu einem nahe gelegenen Kuhstall geschickt, um Milch zu holen. Ich lief mit der Kanne vorsichtig nach Hause, damit die Milch nicht überschwappen konnte. Doch einmal stolperte ich, fiel hin und ein

Teil der Milch ergoss sich über die Straße. Ich stand wieder auf, nahm die Kanne mit der übrig gebliebenen Milch, ging ängstlich zu meiner Mutter und erzählte, was passiert war. Aber sie schimpfte nicht, wie ich vermutet hatte und sie hat mir auch nicht den Po versohlt. Wahrscheinlich hat sie sich daran erinnert, wie leid es ihr damals getan hat, als sie mich wegen des Balls verhauen hat.

Als Kinder haben wir öfter Klingelstreiche gemacht, das war natürlich für die Betroffenen kein so lustiges Spiel. Ich klingelte auch bei unserer Nachbarin und rannte schnell weg. Am nächsten Tag fragte sie mich, ob ich das vielleicht war, die bei ihr geklingelt hat und ich verneinte schnell. Ich weiß aber nicht, ob sie mir das geglaubt hat.

Heute bin ich allerdings auch nicht begeistert, wenn an unserer Haustür geklingelt wird und, wenn ich aufmache, niemand mehr da ist. Man sieht, auch heute werden teilweise noch die gleichen Streiche gespielt.

Als ich klein war, liebte ich meinen Brummkreisel, später spielte ich mit Murmeln oder machte Reifenkeilen. Dazu hatte ich einen großen Reifen aus Holz, der mit einem Stöckchen vorangetrieben wurde und hinter dem ich herlief und aufpassen musste, dass er nicht umfiel. Auch Seifenblasen mochte ich sehr und als Erinnerung an frühere Zeiten mache ich sie auch heute noch gelegentlich.

Renovierungsarbeiten

Ein Freund meiner Eltern war Maler. Wir mochten ihn alle gern. Er hatte eine dicke rote Nase und erzählte gern irgendwelche Witze oder Geschichten. Gelegentlich tapezierte er bei uns auch die Zimmer. Eines Tages kam ich von der Schule nach Hause und berichtete, dass wir eine Lateinarbeit schreiben mussten.

»Weshalb das denn?«, fragte er, während er die Tapetenbahn glattstrich. »Das braucht doch kein Mensch. Was lernt ihr denn da?«

Als ich ihm erzählte, dass wir die Gallischen Kriege durchnahmen, fühlte er sich umso mehr in seiner Meinung bestätigt. Er bat mich dann, einmal einen Satz auf Lateinisch zu sagen und ich sagte: »Errare humanum est - irren ist menschlich.«

»Naja«, meinte er, »dieses ganze Schulfach ist ja ein Unsinn«, und kurz darauf: »Wie lautete der Satz?«

Ich musste ihm den Satz mehrmals vorsprechen und er wiederholte ihn immer wieder, um ihn sich zu merken. Er meinte dann, das wäre ja genauso schwer auszusprechen wie Vietmen, womit er Vietnam meinte. Auch mit diesem Wort hatte er Probleme. Weshalb er sich »errare humanum est« merken wollte, sagte er nicht. Vielleicht um damit irgendwo mit seinen Lateinkenntnissen zu prahlen. So sind die Männer eben.

Als er am nächsten Tag wieder erschien, begrüßte er mich nicht mit einem »Guten Morgen«, sondern mit "errare humanum est.« Er hatte es sich tatsächlich gemerkt und war sichtlich stolz darauf.

Etwas essen wollte er selten, wenn er mit dem Malern beschäftigt war. Er rauchte lieber mal eine Zigarette und trank ein oder zwei Bier. An einem warmen Tag waren es allerdings drei Bier. Als meine Mutter sich abends, bevor er nach Hause ging, die angeklebten Tapeten ansah, bekam sie einen Schreck, sie zogen alle Falten. Etwas verärgert sagte sie:

»Du bekommst kein Bier mehr während der Arbeit, die Tapeten haben ja alle Falten, die kannst du morgen wieder abmachen.«

Statt »nein« zu sagen, antwortete er stets mit »Ach man nicht« und das bekam auch meine Mutter als Antwort. Bis zum nächsten Morgen hatten sich alle Tapeten von allein glatt gezogen. Meine Mutter war sehr erleichtert und ihr Maler bekam auch wieder sein Bier.

Das Gartenfest

In Abständen haben wir im Sommer in unserem Garten Sommerfeste abgehalten. Dazu wurden viele Lampions an Bäumen und an der Wäscheleine befestigt. Meine Mutter und ich standen in der Küche, machten Salate und Häppchen. Es wurden einige Freunde eingeladen und wir saßen in fröhlicher Runde zusammen.

Früher war es üblich, dass es zum Essen Bowle gab. Ich trank die auch sehr gern und meine Mutter wusste das. Sie legte die Früchte in wenig Schnaps ein und goss dann Wein und Sekt darauf. Als sie merkte, dass ich genug Bowle getrunken hatte, verschwand sie mit dem Krug in der Küche um ihn wieder aufzufüllen. Dabei goss sie aber auch noch Schnaps dazu, was sie den Gästen jedoch verschwieg. Inzwischen wurde getanzt und geschunkelt und alle außer mir tranken weiter von der Bowle. Spät am Abend waren alle beschwipst und ein Gast sagte zu seiner Frau:

»Mutti, wo sind wir denn hier? Ich möchte jetzt in mein Bett.«

Mit dem Auto nach Hause fahren konnte er nun nicht mehr und wir bestellten dem Ehepaar eine Taxe. Am nächsten Tag holten sie ihr Auto ab und der Mann sagte, dass er gar nicht verstehen kann, weshalb er von der Bowle so betrunken gewesen war. Nun rückte meine Mutter mit der Wahrheit heraus und beichtete ihre Nachfüllaktionen. Übel genommen hat es ihr aber niemand.

Grünkohl oder Spinat

Wir unterhielten uns mit meiner Freundin und ihrem Mann über das Essen. Jeder erzählte, was er gern mochte und welche neuen Gerichte er ausprobiert hatte. Der Mann meiner Freundin sagte:

»Ach, eigentlich esse ich alles, nur Grünkohl mag ich überhaupt nicht. Wenn mir meine Frau den hinstellen würde, würde ich ihn stehenlassen.«

Da fing seine Frau an zu lachen und erwiderte:

»Wenn du wüsstest, wieviel Grünkohl du schon gegessen hast, würdest du staunen. Ich habe dir, wenn ich Grünkohl gemacht habe, immer gesagt, das wäre Spinat und er hat dir stets geschmeckt.«

Wir waren etwas erstaunt, dass der Mann das nicht bemerkt hatte, da wir doch einen gewissen Geschmacksunterschied von Grünkohl und Spinat feststellen.

Meran, Meran, Meran

Wir saßen im Wartebereich des Flughafens und warten auf unseren Flug nach München, um von dort mit einem Mietwagen weiterzufahren nach Südtirol. In diese Gegend zu kommen war - neben Norwegen - ein Kindheitstraum von mir. Den Frühling dort zu erleben mit den riesigen Obstanbaugebieten und blühenden Apfelbäumen oder auch mal den Herbst, wenn die Äpfel an den kleinen Bäumchen hängen und man meint, sie würden unter der Last zusammenbrechen.

Wir fuhren Mitte April durch Österreich. Wie auch in Deutschland blühte hier nichts, die Wiesen waren braun, die Natur noch im Winterschlaf. Kurz vor dem Brenner schneite es. Zum Glück hatte das Auto Winterreifen.

Eine Stunde Autofahrt später ein ganz anderes Bild. Plötzlich war der Frühling da. Kilometer um Kilometer fuhren wir an blühenden Apfelbäumen entlang. Darunter leuchtete gelb der Löwenzahn. Und es war warm, wir konnten unsere dicken Jacken ausziehen.

Kurz hinter Meran erreichten wir unsere Unterkunft in Algund. Lagundo, wie der Ort hier heißt, sollte nun zwei Wochen unser Urlaubsort sein. Schon der Name klingt so schön. So schön, wie das Hotel ebenfalls war mit den freundlichen Gastgebern in einer herrlichen Landschaft mit Blick über das Tal und die Berge und die abendlichen Lichter von Dorf Tirol. Ein hervorragendes Frühstücksbuffet erwartete uns jeden Tag sowie eine große Tortenauswahl zum Nachmittag und ein Drei-Gänge-Menü am Abend.

Das Haus wurde familiär geführt, die Besitzer setzten sich abends zu den Gästen, es wurde Wein getrunken und jeder berichtete von seinen Tageserlebnissen. Eine Frau erzählte, dass sie so fasziniert sei von den Wanderungen entlang der Waalwege, die auf halber Höhe ganz eben am Berg entlangführen, überall umgeben von blühenden Apfelbäumen.

»Hier könnte ich den ganzen Tag stehen bleiben und laut jauchzen vor Freude«, meinte sie und genauso empfand ich es auch. In den Gärten grünte es, der Frühling war hier in vollem Gange mit blühenden Tulpen und Fliederbüschen.

Irgendwann hörte mein Mann ein Gespräch zwischen dem Vermieter und einem Gast. Es wurde über das Abendessen gesprochen, es sollte als Vorspeise Saltimbocca serviert werden. Mein Mann berichtete mir, dass das übersetzt springender Hund heißen soll. Aber Hund heißt Cane und das kommt ja in dem Namen nicht vor. Ich hatte so meine Zweifel und fragte abends den Wirt. Der lachte herzlich und meinte: »Nein, es heißt spring in den Mund«, und wir amüsierten uns über den »Hörfehler« meines Mannes.

Wir machten auf der Reise einen Abstecher ins Vinschgau und in die Dolomiten. Wir besuchten die Gärten von Trauttmannsdorff und schlenderten über die Märkte in Bozen und Meran.

Nach zwei Wochen waren wir wieder zurück in Deutschland voller positiver Eindrücke und Erinnerungen. Inzwischen war es auch hier Frühling geworden und wir konnten ihn nun ein zweites Mal erleben.

Immer wieder führte uns seitdem die Reise nach Lagundo, meist im Frühling, aber auch oft im Herbst, wo wir nicht nur Äpfel, sondern auch Kiwis, Khakis und Quittenbäume antrafen. Wir erlebten auch die Weinlese und ließen uns den frisch gepressten Traubensaft schmecken oder den Jausenteller.

So sind wir mit Abständen vielleicht fünfzehn Mal in dieses Hotel gefahren, haben Gäste aus den Vorjahren wiedergetroffen und uns wie in einer großen Familie gefühlt.

Und mit einem Schlag wurde alles anders. Der Hotelbesitzer bekam Krebs und starb daran. Das Hotel wurde von einem anderen Besitzer übernommen, der Vieles umänderte. Seitdem waren wir nicht mehr in Lagundo. Wir sind älter geworden und nicht mehr so rüstig, aber die Erinnerungen bleiben und viele Fotos lassen die schöne Zeit dort und die wunderschöne Landschaft wieder aufleben.

Sylt - Darß

Die erste Reise nach Sylt machte meine Mutter mit mir, irgendwann in den Sommerferien, als ich noch zur Schule ging.

Wir verließen in Westerland den Zug. Damals fuhr noch die alte Inselbahn, in die wir einstiegen und die uns ruckelnd und zuckelnd nach List brachte. Eine Kollegin hatte meine Mutter vorgewarnt. Da wir weder Sylt noch eine andere Nordseeinsel kannten, würden wir uns zunächst vorkommen wie in einer Mondlandschaft. Und so war es auch. Das Wetter war trüb und rechts und links der Bahn reihte sich Düne an Düne, nur spärliche Halme waren zu sehen, keine Bäume irgendwo und blühende Blumen schon gar nicht. Alles war grau in grau, wo waren wir nur gelandet?

Aber am nächsten Tag war die Sonne da und der Himmel blau und überall, wo wir liefen, trafen wir auf blühende Heckenrosen, deren Duft uns entgegenschlug, eine wahre Pracht. Wir konnten nicht genug von dem Anblick bekommen. Und ab und zu einige Schafe, die auch an den Rosen Gefallen fanden und die Blüten abfraßen.

Wie oft haben wir zu Hause davon erzählt und sind ins Schwärmen gekommen. Auf den Syltreisen mit meinem Mann, Jahre später, blühten sie nie. Wir waren stets im zeitigen Frühjahr oder im Spätherbst auf der Insel und ich hatte während dieser Urlaube auch immer das Bild der blühenden Heckenrosen verdrängt. Ich hatte sie vielleicht auch nicht wirklich vermisst.

Irgendwann dann nicht mehr Sylt. Mein Mann und ich hatten die Nordsee mit der Ostsee getauscht und machten Urlaub auf dem Darß. Auch hier waren wir im Frühling oder im Herbst, schließlich aber auch Mitte Juni. Und hier sah ich sie wieder, die blühenden Heckenrosen, die ihren Duft verströmten.

Es war so ein schöner Urlaub und die Erinnerungen an Sylt tauchten auf. Meine Mutter war vor einigen Jahren gestorben. Sie war mir plötzlich ganz nah. Wenn wir wieder zu Hause sind, dachte ich, muss ich ihr unbedingt von den Heckenrosen erzählen. Aber sie war nicht mehr zu Hause, sie lebte ja nicht mehr. Erzählt habe ich es ihr trotzdem und hatte dabei das Gefühl, sie wäre um mich und würde sich genauso darüber freuen wie ich.

Vielleicht sind meine Worte ja angekommen in ihrer jetzigen Welt.

Nümbrecht im Oberbergischen Land

Wir wollten eigentlich an den Rhein und waren nun in dieser Gegend gelandet. Die Zimmer hatten wir uns bei einem privaten Vermieter aus dem Ortsprospekt herausgesucht. In ein Hotel fuhren wir damals noch nicht, aber wir hatten durchaus schöne Ferienwohnungen und Privatzimmer kennengelernt, allerdings gab es zu der Zeit noch wenige Unterkünfte mit eigener Dusche und WC. In der Regel hatte man nur ein Handwaschbecken im Zimmer und die Toiletten befanden sich im Flur für alle Gäste der Etage. Kurz vor unserer Abreise sah ich mir den Prospekt nochmal an und stellte fest, dass bei der Hausbeschreibung bei den Zimmern ein W stand. Bei den anderen Häusern stand stattdessen k.u.w. Wasser. Was also sollte das W bedeuten? Gab es dort kein warmes Wasser? Da uns das noch nicht vorgekommen war in früheren Urlauben, machten wir uns auch weiter keine Gedanken darüber.

Als unsere Vermieterin uns die Zimmer zeigte, meinte sie jedoch, Warmwasser gäbe es nur im Erdgeschoss. Sie hätte uns Eimer bereitgestellt, so könnten wir uns morgens dort mit warmem Wasser versorgen. Damit hatten wir nicht ernsthaft gerechnet und es erinnerte mich an den Anfang der sechziger Jahre und einen Urlaub mit meinen Eltern, wo wir auch kein warmes Wasser im Zimmer hatten. Damals fragte die Wirtin meine Eltern, wann sie morgens aufstehen. Sie würde dann zu der Zeit anklopfen und einen kleinen Krug warmes Wasser vor die Zimmertür stellen, damit mein Vater sich nass rasieren könne.

Nun also stieg mein Mann an jedem Morgen die Treppen zum Erdgeschoss hinunter, wo er einige Mitbewohner traf, die ebenfalls im Schlafanzug und mit einem Eimer in der Hand unterwegs waren, um ihn mit warmem Wasser zu füllen.

Trotz dieser Umstände war der Urlaub schön. Wir sind von dort häufig zum Rhein gefahren und haben auch eine Schifffahrt gemacht. Hier ertönten, wie in Cuxhaven, auch sämtliche Rheinlieder, aber hier gehörten sie auch hin.

Durch die netten Wirtsleute fühlten wir uns entschädigt dafür, dass es kein warmes Wasser gab. Fast jeden Abend saßen wir in fröhlicher Runde im Garten zusammen, naschten von den angebotenen Schokoküssen und tranken Apfelschnaps dazu oder Hollerbusch, von dem man angeblich gut schlafen kann. Wir sind auch immer müde und zufrieden ins Bett gefallen.

Schwalenberg - Weserbergland

Wohin die Reise dieses Mal gehen sollte, war uns noch nicht klar. Ein Blick in einen Reiseprospekt sollte dabei helfen. Ein Foto von einem wunderschönen Rathaus fiel uns ins Auge, gelegen in Schwalenberg. Der Ort sagte uns nichts, ein Blick auf die Landkarte verriet, dass die Maler- und Künstlerstadt im Weserbergland liegt, zwischen Detmold und Bad Pyrmont. Wir forderten ein Unterkunftsverzeichnis an, welches nicht gerade umfangreich war, aber der Ort war auch nicht groß. Eine Ferienwohnung gefiel uns, aber als wir den niedrigen Preis im Verhältnis zu den restlichen Unterkünften sahen, wurden wir misstrauisch. Wo war dabei der Haken? Gab es dort etwa auch kein warmes Wasser oder war eine Baustelle in der Nähe?

Da wir nur eine Woche bleiben wollten, entschieden wir uns trotzdem für die Unterkunft und waren angenehm überrascht über die freundlichen Gastgeber, die gute Ausstattung der Wohnung, das Frühstück und den wunderschönen Blick über die Täler bis hin zum Hermannsdenkmal. Die Straße, in der wir unser Quartier hatten, heißt »Obere Spitze« und genauso war die Ferienwohnung.

Wir liefen durch den Ort mit Kopfsteinpflaster und wunderschönen alten Fachwerkhäusern, über denen am Hang eine Burg steht. Hier trafen sich früher die Maler und in der Künstlerklause hingen die Wände voller Gemälde. Künstler trifft man hier kaum noch an, dafür findet alle zwei Jahre ein internationales Trachtenfest statt.

Wir liefen einen Rundweg am Stadtwasser entlang auf einem schmalen Weg, der am Waldrand entlang führt und von einem Bach begleitet wird. Plötzlich hörten wir es aus dem Wald ticken. Wir gingen dem Geräusch nach und mussten eine Weile suchen, woher es kam, bis wir schließlich hoch in den Baumwipfeln einen Kasten entdeckten. Uns fiel der Sketch von dem Schweizer Emil Steinberger ein, in dem er auf einer Polizeistation anruft, weil es in seinem Haus tickt und der Polizist vermutet, wenn es tickt, dann könnte es eine Zeitbombe sein.

Wir liefen zurück zu unserer Unterkunft und erzählten unseren Gastgebern davon. Sogleich griffen sie zum Telefon, um den Förster anzurufen. Mit diesem trafen wir uns im Ort und fuhren gemeinsam in seinem Auto zu der Stelle, wo es tickte.

Der Förster sah ungläubig zu dem Baum hinauf und konnte sich auch keinen Reim darauf machen, warum dieser Kasten tickte.

Kurzentschlossen veranlasste er, dass der Baum gefällt wurde. Dann besah er sich den Kasten, der plötzlich verstummt war. Zum Vorschein kam ein Gerät mit einem Schreiben vom Wetteramt. Wer diesen Kasten findet, der möge ihn doch bitte zur Auswertung der aufgezeichneten Daten zurück an das Wetteramt schicken. Zur Belohnung sollte der Finder 50 DM erhalten. Der Förster wollte den Kasten behalten und an das Amt senden. Da meldete mein Mann den Anspruch an, dass wir schließlich den Kasten entdeckt hätten und ihn somit auch zurückschicken wollten. Dies taten wir dann auch und bekamen umgehend mit einem Dankeschön das Geld überwiesen.

Bei dem »Verdienst« sollte es nicht bleiben in diesem Urlaub. Ein Supermarkt machte Reklame, dass jeder Kunde, der abgelaufene Ware an der Kasse meldet, fünf DM pro Produkt bekommt. Während mein Mann die Einkäufe tätigte, machte ich mich daran, nach abgelaufener Ware zu suchen und stand dann mit fünf Produkten an der Kasse, deren Verfallsdatum überschritten war und so haben wir fünfundzwanzig DM mit unseren Einkäufen verrechnet bekommen.

An einem anderen Urlaubstag fuhren wir nach Bad Pyrmont, unternahmen einen Bummel durch die Fußgängerzone und den Kurpark mit dem wunderschönen Palmengarten, Blumenrabatten, den Teichen und alten Bäumen. Am Rande des Parks entdeckten wir die Spielbank mit vorgelagertem Automatenspielsaal.

Kurzentschlossen gingen wir hinein, um zu sehen, ob wir an den Automaten auch noch unsere Urlaubskasse aufbessern können. Wir tauschten 50 DM und teilten die Chips für die Automaten zwischen uns auf. Wir beobachteten andere Leute, die teilweise an mehreren Automaten gleichzeitig spielten. Wenn sie die Automaten verließen, versuchten wir da unser Glück, wo lange kein Geld ausgezahlt worden war. Oftmals erhielten wir kleinere Summen und als unsere 50 DM aufgebraucht waren, zählten wir unsere Gewinne zusammen und verließen mit 75 DM die Spielbank. So haben wir uns in der einen Urlaubswoche insgesamt 100 DM verdient.

Ein wunderschöner lauer Abend veranlasste uns zu einem Spaziergang durch die Fußgängerzone. Wir befanden uns bereits auf dem Rückweg, als wie aus dem Nichts ein Gewitter aufzog und der Regen auf uns niederprasselte. Die Geschäfte waren schon geschlossen, einen Schirm hatten wir nicht dabei. Wir stellten uns in einer kleinen Passage eines Schuhladens unter und betrachteten ausgiebig die Schuhe.

Mein Mann meinte: »In dem Laden gibt es ja nur eine einfache Verglasung, wie leicht könnte man da einbrechen.« Nach kurzer Zeit bemerkten wir, wie uns eine ältere Frau beobachtete und plötzlich sagte: »Tun Sie es nicht, sonst werden Sie erwischt und müssen ins Gefängnis.« Offenbar hatte sie uns zugetraut, in das Schuhgeschäft einzubrechen.

Die Tage in Schwalenberg mit Ausflügen nach Hameln, Lemgo, Detmold, zu den Externsteinen und in den Vogelpark haben uns gut gefallen und wir beschlossen, wieder in diese Gegend und in dieses schöne Quartier zu fahren. Inzwischen sind über 40 Jahre vergangen. Wir sind in Abständen immer wieder in der Ferienwohnung bei dem freundlichen Ehepaar gewesen und sind Freunde geworden.

Im Wartezimmer beim Arzt

Viele Patienten sitzen im Wartezimmer, lesen, dösen vor sich hin. Eine weitere Patientin betritt den Raum und setzt sich auf einen freien Stuhl. Vor ihr steht ein kleiner Tisch mit Trinkbechern und einer Seltersflasche. Sie steht wieder auf, greift sich einen Becher, füllt ihn mit dem Wasser und spricht die Dame neben sich an:

»Möchten Sie auch etwas trinken?« Offensichtlich hat sie mit einer Zustimmung gerechnet, aber die Dame verneint.

»Es wäre aber gut, wenn Sie etwas trinken, man soll viel trinken.«

Sie sieht die Dame nochmals - nun etwas eindringlicher - an.

»Nein vielen Dank«, erwidert diese.

Die Patientin setzt sich zunächst mit dem Becher in der Hand auf ihren Stuhl, nimmt einen Schluck und fragt den Herrn auf ihrer anderen Seite:

»Möchten Sie vielleicht etwas trinken?«

Auch der Herr verneint. Nach einer Weile werden weitere Patienten angesprochen, alle verneinen die Frage. Nach kurzer Zeit ist der Wasserbecher der Patientin geleert und sie genehmigt sich einen weiteren. Keiner der übrigen Patienten liest oder döst mehr, sondern sieht die Dame gespannt an. Die Frage lässt nicht lange auf sich warten:

»Möchten Sie vielleicht jetzt etwas trinken?«

Die Antwort kommt im Chor sämtlicher Patienten:

»Wir möchten alle nichts trinken.«

Etwas irritiert sieht die Patientin in die Runde und trinkt langsam ihren Becher leer, eine weitere Frage stellt sie nicht.

Beim Urologen

Eine Patientin betritt die Praxis, öffnet die Tür zum Wartezimmer, schließt sie wieder und geht zur Anmeldung. Die Arzthelferin fragt, ob sie einen Termin hat und bittet um die Versichertenkarte. Statt den Wünschen der Arzthelferin nachzukommen, sagt die Patientin:

»Im Wartezimmer sitzen ja nur alte Männer. Haben die alle Prostata? Da möchte ich doch lieber zu einem anderen Arzt gehen«.

Antwort der Arzthelferin:

»Dann versuchen Sie mal Ihr Glück. Ich glaube kaum, dass Sie eine Praxis finden, in der keine älteren Männer sitzen.«

Daraufhin verlässt die Patientin die Praxis. Ein älterer Herr ruft ihr hinterher:

»Vielleicht sind in der anderen Praxis mehr junge Frauen als alte Männer.«

Tanzkursus für Ehepaare

Sowohl mein Mann als auch ich hatten in unserer Jugend eine Tanzschule besucht. Viele Tanzschritte waren uns nicht mehr in Erinnerung. So machte ich irgendwann den Vorschlag, einen Ehepaar-Tanzkursus zu besuchen, was jedoch keine Begeisterung bei meinem Mann hervorrief. Es dauerte einige Jahre, bis er dazu bereit war.

Wir fühlten uns wohl bei der von uns ausgesuchten Tanzschule, der Tanzlehrer war sehr freundlich und witzig, mit den anderen Kursteilnehmern konnten wir uns in der Pause nett unterhalten.

Während einer Unterrichtsstunde wurde unser Tanzlehrer ans Telefon gerufen.

»Ich bin sofort wieder da«, sagte er, aber wir warteten und warteten. Als er erschien, entschuldigte er sich und wollte erklären, weshalb das Gespräch länger gedauert hatte als erwartet. Ein Herr aus der Tanzgruppe fiel ihm ins Wort und meinte:

»Sie müssen das nicht erklären, geben Sie lieber nach der Tanzstunde einen aus.«

Unser Tanzlehrer ließ sich nicht zweimal bitten und so saßen wir in gemütlicher Runde noch lange zusammen.

Auch Silvester feierten wir einige Male dort. Es war immer sehr schön, ein hübsch geschmückter Tanzsaal und ein hervorragendes kaltes Buffet.

Für mein Leben gern aß ich Geflügelsalat, den mein Mann nicht so mochte. Am Buffet angelangt, sah ich kleine Glasschalen, mit vermeintlichem Geflügelsalat gefüllt, stehen. Ich griff sofort zu. An unserem Tisch angekommen, stellte ich das Glas ab und mein Mann fragte verwundert:

»Nanu, du holst dir einen Krabbensalat?«

Ich esse fast alles, aber weder Muscheln noch Krabben und so war ich froh, dass mein Mann mich auf den »Fehlgriff« hinwies und sich bereit erklärte, den Krabbensalat zu essen, während ich mir einen anderen Salat vom Buffet holte.

Mein Mann war übrigens nach den Jahren der Weigerung in eine Tanzschule zu gehen, von dem ersten Tanzkursus so begeistert, dass sich dem Grundkurs viele weitere Kurse anschlossen.

Silvester zu Hause

Unsere Silvesterfeiern daheim waren nicht minder schön. Seit vielen Jahren feierten wir in derselben kleinen Runde. Lange vor Eintreffen der Gäste haben wir die Räume dekoriert und in der Küche gestanden, Salate und belegte Schnittchen vorbereitet.

Ich hatte mir ein Spiel ausgedacht, welches wir nach dem gemeinsamen Essen starten wollten. Wir hatten einen Würfelbecher mit drei Würfeln und ein Körbchen mit Losen, die ich nummeriert hatte. Es waren natürlich nicht nur Gewinne, sondern es befanden sich auch Nieten darunter. Ich hatte bereits längere Zeit vor Silvester damit verbracht, kleine und möglichst lustige Geschenke einzupacken und sie entsprechend der Lose mit Nummern zu versehen. Der Reihe nach wurde gewürfelt. Wer eine Zahl über zwölf hatte, durfte ein Los ziehen. War es keine Niete, durfte eines der vielen Päckchen unterschiedlicher Größe genommen werden und gespannt warteten alle, bis es ausgepackt war.

Mit der Zeit häuften sich bei allen kleinere und größere Geschenke. Nur meine Freundin hatte noch kein Präsent. Entweder sie würfelte zu niedrige Zahlen oder zog eine Niete. Irgendwann merkte man ihr die Verärgerung darüber an. Da ich ja wusste, was sich in den einzelnen Päckchen befand, sagte ich:

»Wenn du aber mal ein Geschenk ziehen darfst, dann erwischst du bestimmt das größte Päckchen.«

Es dauerte nicht lange und meine Freundin würfelte eine vierzehn. Ganz aufgeregt griff sie nach einem Los und hatte Glück, es war keine Niete und wie es das Schicksal wollte, hatte sie tatsächlich die Nummer des großen Päckchens gezogen. Nun strahlten ihre Augen voller Erwartung. Mit Mühe konnte ich mir ein Lachen verkneifen. Alle sahen gespannt zu, wie sie das Geschenkpapier entfernte. Zum Vorschein kam ein Schuhkarton, der federleicht war. Alle rätselten, was sich wohl in dem Karton befinden würde. Eventuell ein Lottoschein? Jemand witzelte:

»Und dann auch noch sechs Richtige.«

Endlich war es soweit. Meine Freundin hob den Deckel hoch und sah in das Päckchen. Auf dem Boden lag ein großer Zettel, beklebt mit Kleeblättern und Schornsteinfegern und in der Mitte stand geschrieben:

»Viel Glück beim nächsten Wurf.« Alle fingen laut zu lachen an. Nur meine Freundin nicht. Sie saß wie versteinert da und hatte Mühe, die Tränen zurückzuhalten. Damit der Abend fröhlich weiterging, haben wir ihr alle einige Geschenke abgegeben und die Silvesterfeier war gerettet.

Unser Freund hatte sein Auto bei uns in einer Seitenstraße abgestellt, da er der Meinung war, hier würde es sicherer stehen als bei ihm zu Hause. Er wollte es dann am Neujahrsmorgen abholen. Das tat er auch, nur waren inzwischen sämtliche Spiegel abgebrochen worden.

Mein Mann hingegen hatte sein Auto im Jahr zuvor einen Tag vor Silvester vor unserer Haustür stehen. Irgendwann abends hörten wir einen lauten Knall, sahen aus dem Fenster und bemerkten, dass unser Gartenzaun eingefahren war. Wir wollten zu meinen Eltern gehen, um ihnen Bescheid zu sagen, als meine Mutter auch schon auf dem Weg zu uns war, um uns wiederum zu berichten, dass die Seite vom Auto meines Mannes eingedrückt war. Zum Glück war ein Nachbar Zeuge des Geschehens und fuhr dem Autofahrer hinterher, der seinerseits mit einem Schaden an seinem Auto ein paar hundert Meter entfernt liegen geblieben war.

Der Tod meiner Freundin

Leider gibt es nicht nur lustige Geschichten im Leben.

Meine beste Freundin Christa war an Brustkrebs erkrankt. Sie war, obwohl sie den Knoten selbst ertastet hatte, lange nicht zum Arzt gegangen, wahrscheinlich aus Angst vor der Diagnose. Auch zu mir hatte sie zunächst nichts gesagt. Dann war es leider zu spät und zwei Jahre danach ist sie gestorben. Es war für mich ein herber Verlust. Wir kannten uns seit der ersten Grundschulklasse und haben so viel miteinander erlebt und uns ausgetauscht, viel zusammen gelacht und auch die Sorgen miteinander geteilt.

Als meine Freundin starb, lebte ihre zweiundneunzigjährige Mutter noch, mit der ich Christa während des langen Weges der Erkrankung begleitet hatte.

Meine Freundin verstarb im Krankenhaus im Beisein ihrer Mutter. Als ich ein halbes Jahr später Geburtstag hatte, brachte mir die Mutter einen Blumenstrauß vorbei mit den Worten:

»Diese Blumen sind von Christa. Sie hat mich kurz bevor sie starb gebeten, dir in ihrem Namen einen Blumenstrauß zu bringen, solange ich es noch kann.«

Ich kann gar nicht sagen, wie gerührt ich darüber war, dass meine Freundin auf dem Sterbebett an mich gedacht hatte.

Im Restaurant I

Ein Mann bestellte ein Bier. Als er aus dem Glas trinken wollte, bemerkte er, dass es an einer Stelle am Rand scharfkantig war und ein Stück Glas abgebrochen war. Er winkte den Kellner heran und sagte:

»Das Glas ist am Rand kaputt, können Sie mir wohl ein neues Bier bringen?« Antwort des Kellners:

»Trinken Sie doch einfach von der anderen Seite.«

Im Restaurant II

Ein Herr hatte Bratkartoffeln mit drei Spiegeleiern bestellt. Er hatte es offenbar eilig, denn er schlang jeden Bissen schnell herunter. Dann schnitt er das Eigelb am Rand vom Eiweiß ab und schob sich das Eigelb in den Mund. Dasselbe tat er mit dem zweiten Eigelb. Dann folgten wieder die Bratkartoffeln, bis das dritte Eigelb dran war. Als er die Gabel an den Mund geführt hatte, rutschte es ihm herunter, zunächst auf das Kinn und dann nahm es seinen Weg über das Oberhemd und die Hose bis auf den Fußboden. Mit der Serviette versuchte er Hemd und Hose zu säubern, was mehr schlecht als recht gelang, die Eigelbspuren ließen sich so nicht einfach beseitigen. Er aß dann die restlichen Bratkartoffeln, nun langsam und bedacht, von Eile merkte man nichts mehr, und wartete auf die Kellnerin. Als sie das Geschirr abräumen wollte, sagte er, dass ihm mit dem Ei ein Malheur passiert wäre und es nun auf dem Fußboden läge. Die Bedienung holte einen Lappen und beseitigte die Spuren. Entschuldigt hat sich der Herr nicht.

Im Restaurant III

Am Nachbartisch saß eine Urlauberin und aß gemütlich ihr Mittagessen. Eine große Portion mit einem nicht minder großen Salatteller. Sie ließ sich viel Zeit und legte nach jedem Bissen eine Pause ein. Als sie ungefähr die knappe Hälfte aufgegessen hatte, rief sie nach der Bedienung und bat darum, ihr die Reste einzupacken und die Rechnung zu bringen. Die Bedienung verschwand kurz, kam dann mit dem eingepackten Essen und der Rechnung zurück und sagte, sie bekäme - es waren noch DM-Zeiten - dreiundzwanzig DM. Die Urlauberin zückte einen 50-DM-Schein, reichte ihn der Bedienung und sagte:

»Das stimmt so.«

Daraufhin die Bedienung:

»Das sind 50 DM«, in der Annahme, dass die Urlauberin vielleicht einen falschen Schein gegriffen hatte.

»Ist schon in Ordnung«, antwortete sie, stand vom Stuhl auf und verschwand.«

Im Restaurant IV

Ein älterer Herr steuerte auf ein Restaurant zu und setzte sich auf einen Stuhl. Einen kleinen Augenblick später erschien der Ober, begrüßte ihn und stellte ihm ein Glas Bier auf den Tisch. Verwundert blickte der Gast ihn an und meinte:

»Sie wussten doch gar nicht genau, wann ich komme und haben schon das Bier gezapft.«
Daraufhin der Ober:

»Doch, ich habe Sie durch das Fenster schon kommen sehen.«
Was für ein Service.

Im Restaurant V

Ein heißer Sommertag in einem Gartenrestaurant. Ein Mann bestellte ein kleines Pils. Als er es zur Hälfte ausgetrunken hatte, rief er nach der Bedienung und bestellte noch ein Pils. Als die Bedienung es ihm auf den Tisch stellte, schob er das halb ausgetrunkene Glas zur Seite, damit der Ober es mitnehmen konnte. Dieser Vorgang wiederholte sich noch zwei weitere Male.

Was für eine Verschwendung, das Glas immer nur zur Hälfte auszutrinken.

Schlafenszeit

Ein Bekannter, Besitzer eines Einfamilienhauses, war müde und wollte ins Bett gehen. Er hatte keine Lust mehr mit seinem Hund, einem Rottweiler, Gassi zu gehen und ließ ihn in den Garten, damit er dort noch einmal sein Geschäft verrichten konnte. Inzwischen zog sich der Bekannte aus und ein langes weißes Nachthemd an. Dann ging er zur Terrassentür, um den Rottweiler wieder hereinzulassen. Dieser kam auch beim zweiten Zuruf nicht angelaufen. Es war stockdunkel. Der Mann holte sich eine Taschenlampe und ging in den Garten, um nach dem Hund zu suchen. Als er ein Stück gegangen war, schoss der Rottweiler auf ihn zu, sprang ihn an und biss ihm in den Arm. Offenbar hatte er sein eigenes Herrchen im Nachthemd und mit Taschenlampe im Garten nicht erkannt.

Kirschenernte

Wir hatten einen Garten mit einem großen Kirschbaum. Die Süßkirschen waren saftig und schmeckten wunderbar, aber leider nur, wenn sie roh gegessen wurden, als Kuchen, Marmelade oder Kompott eigneten sie sich nicht so gut. Wir verschenkten deshalb viel davon und sagten allen Leuten, dass sie nachsehen sollen, ob sie eventuell Maden haben. Wir taten das auch, in diesem Sommer fanden wir jedoch keine einzige Made.

Am nächsten Tag nahm ich einen großen Beutel für meine Arbeitskollegen mit. Ihre Frage, ob die Kirschen Maden haben, verneinte ich, wir hatten ja am Vortag noch nachgesehen. Eine Kollegin traute meiner Aussage allerdings nicht und biss vorsichtig eine Kirsche auf und prompt fand sie eine Made. Die anderen Kollegen taten es ihr nach, häufig waren Maden darin. Nun stand ich etwas dumm da und fragte mich selber, wo die vielen Maden über Nacht hergekommen waren.

Schon als Kind mochte ich unsere Kirschen. Jeden Tag wurden welche gegessen. Eines Tages wurde ich einkaufen geschickt und sah die schönen Erdbeeren am Obststand. Ich bekam solchen Appetit darauf, dass ich mir ein halbes Pfund von meinem Taschengeld kaufte. Als ich zu Hause die Einkäufe auspackte und meine Mutter die Erdbeeren sah, schimpfte sie mit mir. Solange die Kirschen nicht alle aufgegessen wären, dürfte ich mein Geld nicht für anderes Obst ausgeben. Ich weiß nicht mehr, ob ich mich immer daran gehalten oder irgendwann wieder Erdbeeren gekauft habe und sie schon auf dem Heimweg aß, damit es meine Mutter nicht merkte.

Wir hatten auch Radieschen gesät, die ich gern zu einem Butterbrot aß. Jeden Tag sah ich nach, ob sie schon aus der Erde kamen. Ich beobachtete, wie sie immer größer wurden, aber es ging mir nicht schnell genug. Ich wollte unbedingt schon einige probieren. Ganz vorsichtig zog ich sie heraus, aber oft waren sie noch viel zu klein.

Ich steckte sie dann eilig wieder in die Erde und hoffte, dass es niemand gesehen hat. Aber einmal erwischte mich meine Mutter doch dabei, sah mich an und behauptete mit strenger Stimme, dass sie nun nicht mehr größer werden, weil ich sie im Wachstum gestört hätte.

Mit dem Flugzeug in den Urlaub

Norwegen

Es gibt diesen schönen Spruch: Wenn einer eine Reise macht, dann kann er was erleben. Wenn man mit dem Flugzeug fliegt, aber auch. Das erfuhren wir bei unserer Reise nach Norwegen. Wir hatten eine Rundreise gebucht vom 29. Juli 1989 bis zum 6. August 1989.

Als wir in der Abfertigungshalle in Berlin saßen, konnte ich es noch gar nicht fassen, dass der lang gehegte Traum, in dieses Land zu reisen mit seinen Fjorden und Fjellen endlich in Erfüllung ging. Wir hatten uns diese Reise in einem Reisebüro zusammenstellen lassen. Dort wurden wir zufällig von einer Norwegerin beraten, die mit uns die Route besprach und den Flug, den Mietwagen und die Hotelkette buchte.

Wir saßen auf dem Flughafen, bis unser Flug aufgerufen wurde und begaben uns dann zur Sicherheitskontrolle. Dabei ertönte ein Signal und ich wurde aufgefordert, doch noch einmal durch den Kontrollabschnitt zu gehen. Das tat ich und es piepte erneut.

»Haben Sie etwas in Ihren Hosentaschen?«, wurde ich gefragt. »Sie müssen alles auf das Band legen, Münzen, Feuerzeug usw.«

»Ich habe nichts in den Hosentaschen«, antwortete ich und wurde noch einmal abgetastet.

»Sie müssen aber etwas in den Hosentaschen haben.«

»Ich habe nur ein Taschentuch in der einen Hosentasche.«

Eine gewisse Ratlosigkeit machte sich breit. Einer herbeigerufenen Kollegin wurde der Vorgang geschildert. Wieder musste ich durch die Kontrolle laufen, wieder piepte es. Die Kollegin bat mich schließlich die Schuhe auszuziehen und erneut durch die Kontrolle zu gehen.

Alle warteten darauf, dass es piept, aber es piepte nicht. Daraufhin wurden meine Schuhe begutachtet. Schließlich die zündende Idee der Kollegin:

»Sie haben ja Einlagen aus Metall in den Schuhen, dann ist es ja kein Wunder, dass es piept.«

Ich durfte die Schuhe wieder anziehen und durch die Abfertigung gehen. Jetzt kam mein Mann an die Reihe. Auf das Laufband hatte er seine Jacke, eine kleine Reisetasche und sein Sauerstoffgerät, das sich in einer dazugehörigen Tasche befand, gelegt. Das Gerät muss mein Mann wegen seiner bestehenden Schlafapnoe nachts tragen. Misstrauisch wurde es beäugt.

»Was ist das für ein Gerät?«, kam die Frage.

»Das muss ich wegen meiner Schlafapnoe nachts tragen«, antwortete mein Mann. An der Abfertigung wusste niemand, was eine Schlafapnoe ist noch kannte man so ein Gerät. Mein Mann wurde aufgefordert, in einen extra Raum mitzukommen, wo man das Gerät auf Sprengstoff untersuchte. Als nichts gefunden wurde, durfte er ebenfalls durch die Kontrollen gehen. Damals waren diese Geräte relativ neu und unbekannt. Heute besteht kein Problem mehr bei der Abfertigung, jeder kennt so ein Gerät. Lediglich die Untersuchung auf Sprengstoff findet nach wie vor statt. Endlich konnten wir unsere Sitzplätze einnehmen.

Der Flug ging bis Bergen, wo wir uns am Abend und am nächsten Tag den Fischmarkt und die Altstadt Bryggen ansahen bei dem für Bergen typischen Wetter, dem ständigen Wechsel von Sonne und Regen. Beeindruckend der Blick vom Flojen auf die imposante Landschaft unter uns. Die vielen Inseln und Schären zum einen und die Fjordlandschaft zum anderen. Blauer Himmel, weiße Wolken, Sonne. Wir blieben einige Zeit hier oben, konnten uns kaum losreißen von dem Anblick. Aber irgendwann meldete sich auch der Hunger und wir kehrten zum Abendessen ins Hotel zurück.

Hier waren wir beeindruckt von der Vielfalt des Angebotes. Es gab eigentlich nichts, was es nicht gab, einen Tisch nur mit Fischgerichten, einen mit Fleisch, einen dritten mit Suppen, Torten, Süßspeisen, wir wussten nicht, was wir zuerst essen sollten. Wir beschlossen, uns immer nur ganz wenig von einigen Gerichten auf den Teller zu tun, um möglichst viel probieren zu können. Wir saßen mit einem anderen Ehepaar am Tisch, das auch eine Rundreise gebucht hatte und dem wir schon öfter begegnet waren. Der Mann erzählte, er hätte eine Woche vor Abflug kaum noch etwas gegessen, damit er hier ordentlich zulangen könne. Ich habe auch noch nie jemanden so viel essen sehen. Dadurch angeregt haben auch wir viel mehr gegessen als wir eigentlich wollten und ich habe in 14 Tagen drei Kilo zugenommen.

Unsere Reise führte uns über Os zum Hardangerfjord nach Lofthus durch das Tal von Bergsdalen mit vielen Wasserfällen. Wir fuhren durch Nordeuropas längsten Tunnel bei Bruvavik nach Voss und von dort mit der Fähre zur Übernachtung in Sogndal.

Die Reise ging weiter durch viele Tunnel, vor denen teilweise Ziegen lagen. Ziegen versperrten uns oft den Weg und wir mussten langsam an sie heranfahren und warten, bis sie sich bequemten aus dem Weg zu gehen. Sobald wir das Auto verließen, drängten sich die Tiere um uns herum und bettelten um Futter. Wir mussten aufpassen, dass sie nicht ins Auto gelangten.

Wir besuchten Briksdal mit dem gleichnamigen Wasserfall und Gletscher, zu dem man von einem Parkplatz aus mit Pferdekutschen fahren konnte. Wir bevorzugten den Fußweg.

Es war alles sehr beeindruckend: die vielen Wasserfälle, die langgezogenen grünen Täler, die Fjorde und kurz darauf waren wir in Schnee und Eis. Von Loen führte uns die Fahrt durch das Hochgebirge, zum Aussichtspunkt des 1496 m hohen Dalsnibba mit seinen großartigen Ausblicken. Dann hinunter nach Geiranger mit dem gleichnamigen und wohl bekanntesten Fjord Norwegens.

Wir gelangten nach Alesund, der letzten Station auf unserer Reise. Wie schnell war die Zeit vergangen, aber wie viele Eindrücke hatten wir gewonnen, wie viele Fotos gemacht. Nun saßen wir im Hotelzimmer und warteten, dass es Zeit werden würde zum Abendessen.

Während ich die Aussicht genoss, fragte mich mein Mann, ob wohl heute der 5. August wäre, da hätte ja seine Mutter Geburtstag. Ich bestätige ihm das und er schlussfolgerte, dass dann am nächsten Tag der 6. August sein müsste. Etwas irritiert sah ich ihn an, aber da sagte er, nachdem er vorher einen Blick auf unsere Flugtickets geworfen hatte, dass unsere Rückflugtickets auf den 7. August ausgestellt worden waren. Unsere Hotelzimmer aber waren nur bis zum 6. August gebucht. Wir versuchten von einer Telefonzelle aus, auf dem Flughafen anzurufen, bekamen aber keine Verbindung. Zum Flughafen fahren wollten wir nicht, da wir für die Fahrt dorthin durch einen Tunnel mussten und keine 80 Kronen Tunnelbenutzungsgebühr für die Hin- und Rückfahrt zahlen wollten.

Wir hatten vor unserem Abflug von der Fluggesellschaft einen Zettel mit den Abflugzeiten und dem Rückflug am 6. August bekommen und diese mit den Flugtickets verglichen. Nur hatten wir nicht gemerkt, dass dort der 7. August als Rückflugtermin stand. Wer hatte nun Schuld? Die Fluggesellschaft, weil auf den Tickets der falsche Rückflugtermin angegeben war oder wir, die es nicht bemerkt hatten? Das zu klären, nutzte uns im Moment gar nichts. Wir mussten klären, wann wir fliegen konnten. Wenn es am nächsten Tag nicht klappen würde, müssten wir für eine weitere Nacht ein Hotelzimmer haben, aber wäre das möglich? Auch den Mietwagen hätten wir dann um einen Tag verlängern wollen.

Wir machten uns also auf den Weg zur Rezeption und hofften, dass man dort einen Weg fand, wie wir zu unserem Flug kamen. Der Dame an der Rezeption würde es sicher gelingen, eine Verbindung zum Flughafen zu bekommen und sie könnte dann auch alles auf Norwegisch erfragen, was vielleicht einfacher wäre. Wir erklärten ihr auf Englisch, was wir wollten.

»An einem Sonntag gibt es gar keine so frühen Flüge, wie es auf Ihrem Ticket angegeben ist. Der Flughafen schließt auch in zehn Minuten, da rufe ich lieber gleich in Oslo an und versuche den Flug auf den 6. August umzubuchen. Haben Sie sich den Rückflug nicht 24 Stunden vor Abflug bestätigen lassen? Sie haben sonst keinen Anspruch mehr auf den Flug.«

Nein, hatten wir nicht, wir wussten das nicht und hatten es auch früher nie gemacht.

Die Dame an der Rezeption vermutete aber, wie es zu dem falschen Abflugtag gekommen sein könnte. Es war offensichtlich nicht daran gedacht worden, dass der Juli 31 Tage hat und deshalb war der Abflugtag um einen Tag auf den 7. August verschoben.

Sie erhielt in Oslo die Auskunft, dass wir am nächsten Tag fliegen könnten, allerdings mit einem späteren Flugzeug. Wir hätten dann allerdings einen halben Tag Aufenthalt in Oslo bis zum Anschlussflug nach Hamburg, bekämen aber keinen Flug mehr von Hamburg nach Berlin. Aber was sollten wir in Hamburg, wo wir auch erstmal ein Hotel hätten finden müssen. Und in Hamburg waren wir schon oft, wann aber würden wir wieder nach Alesund kommen. Das fand die freundliche Dame auch und sagte, dass die Zimmer noch eine Nacht frei wären und wir doch dann lieber bei ihnen bleiben sollten. Sie kannte auch die Dame von der Autovermietung und buchte uns den Mietwagen für einen weiteren Tag. Es hätte auch noch die Möglichkeit gegeben, am kommenden Tag über Kopenhagen zu fliegen. Die Maschine Kopenhagen - Hamburg war aber ausgebucht und wir würden auf die Warteliste gesetzt werden. Falls ein Platz frei werden sollte, könnten wir fliegen. Das wollten wir nicht, schon gar nicht mit der Aussicht, dass wir umsonst warten würden, wir hatten uns ja bereits entschieden, in Alesund zu bleiben.

Die Dame machte uns auch gleich einen Vorschlag für den nächsten Tag. Wir könnten einen Ausflug zur Vogelinsel Runde machen oder auf den Trollstiegen fahren, den sollten wir uns nicht entgehen lassen.

Da wir auf unserer Reise alle Hotels zu einem Sonderpreis von derselben Hotelkette gebucht hatten, fragten wir nach, ob wir den auch für die zusätzliche Übernachtung bekämen, worauf sich die Dame einließ. Das fanden wir sehr nett, regulär hätten wir fast den doppelten Preis für die Nacht bezahlten müssen.

Wir entschieden uns für eine Fahrt zum Trollstiegen. Am nächsten Morgen fuhren wir auf der sehr schmalen Straße, die sich in elf großen Kehren von wenigen Metern über dem Meeresspiegel auf 800 m hinaufschlängelt. Überall hielten Autos an, die Leute - auch wir - wollten unterwegs Fotos machen. Jeder musste warten, bis die Fotos geschossen waren, aber niemand regte sich darüber auf. Die Friedlichkeit der Landschaft übertrug sich wohl auch auf die Menschen.

Oben auf dem Trollstiegen fanden sich zahlreiche Kioske mit Trollen in jeder Größe. Auch wir erstanden einen. Auch aufgetürmte Steinhaufen sahen wir häufig und angebundene Rentiere. Die Steinhaufen errichten Menschen, um die Trolle freundlich zu stimmen. Die guten Trolle helfen den Menschen, damit sie sich nicht verirren. Die bösen Trolle haben oft mehrere Köpfe, aber nur ein - dafür herausnehmbares Auge - und haben früher die Menschen entführt.

Unser letztes Abendbrot dann in Norwegen. Wir ließen es uns noch einmal schmecken, aber mein Mann meinte, er hätte nun auch mal Appetit auf eine Bockwurst. Lachs, den wir täglich aßen, könne er nun einige Zeit nicht mehr sehen. Irgendwann mussten wir ins Bett, nachdem wir wieder endlos aus dem Fenster einem nie enden wollenden Sonnenuntergang zugesehen hatten, bis langsam auf den vorgelagerten Inseln in den Häusern die Lichter angingen.

Am nächsten Morgen ging es endgültig Richtung Heimat. Die Koffer hatten wir durchchecken lassen bis nach Berlin. Der Flughafen in Alesund ist winzig, Sicherheitskontrollen gab es hier nicht.

Wir wurden nicht abgetastet, es gab keine Wartehallen. Die Ansagen erfolgten nur auf Norwegisch.

Im Flugzeug bekamen wir belegte Brötchen, wie sollte es anders sein, mit Lachs. Für die wenigen Leute in der Maschine gab es drei Flugbegleiter. In Oslo hatten wir eine Zwischenlandung, um später mit Lufthansa weiterzufliegen. Hier gingen wir eine halbe Stunde vor Abflug wieder durch die Kontrolle mit den bekannten Sicherheitsbestimmungen. Unser Flug wurde aufgerufen zum Weiterflug nach Hamburg. Wir stellten uns mit den anderen Passagieren an und merkten, dass unsere Bordkarten nicht da waren. Mein Mann suchte in allen Taschen, bis ihm einfiel, dass er sie wohl auf der Sitzbank liegengelassen hatte.

Die Durchsagen erfolgten nun wieder in Deutsch und Englisch, Norwegisch hörten wir nicht mehr. Wir bekamen zum Mittagessen belegte Brote serviert und dachten, wir sehen nicht richtig. Es gab Lachs. Offenbar wurden die Brote in Norwegen für die Lufthansa verpackt.

Kurz vor der Landung in Hamburg wurde angesagt, dass sich die Leute mit Anschlussflügen, die ihr Gepäck durchgehend aufgegeben hatten, nicht darum kümmern müssten, es würde automatisch umgeladen. Viel Zeit hatten wir nicht und wir gingen deshalb gleich zum Einchecken zum Flug nach Berlin.

»Haben Sie kein Gepäck?«, wurden wir gefragt. Nein, das hatten wir ja in Alesund gleich bis Berlin aufgegeben.

»Das Gepäck wird nicht durchgecheckt, das tut mir leid. Sie müssen wieder zurück, Ihr Gepäck holen.«

Sie könne ja nichts für die Bestimmungen. Was blieb uns anderes übrig, als die langen Gänge zurückzulaufen. Inzwischen waren die Gepäckstücke eines anderen gelandeten Flugzeugs auf dem Band und unsere Koffer verschwunden. Wir fanden sie schließlich einsam in einer Ecke stehen. Jeder hätte sie mitnehmen können.

Während des Fluges nach Berlin gab es nur Getränke und einen Snack, endlich keine Lachsbrötchen mehr.

Wieder in Berlin rief mein Mann bei der Verbraucherzentrale wegen des falschen Flugdatums an und bekam von der Rechtsabteilung die Auskunft, dass uns kein Verschulden traf. Es wäre eine grobe Fahrlässigkeit des Reiseunternehmers. So schrieb mein Mann das Reiseunternehmen an und wir bekamen die zusätzlichen Hotelkosten erstattet.

Schweiz

Nach einigen Rundreisen durch die Schweiz hatten wir uns entschlossen, einen Urlaub nur im Tessin zu verbringen.

Die Schweiz hatte es uns wegen ihrer Vielfältigkeit angetan. Das Land ist ja verhältnismäßig klein und doch befindet man sich immer wieder in einer anderen Landschaft, ob an den Seen oder den Gletschern, ob wir uns die Passstraßen hinauf- und dann wieder hinabschlängelten oder zum Lieblingsberg meines Mannes, dem Matterhorn, hinaufblickten.

Auf unseren Rundreisen durch die Schweiz haben wir so viele Eindrücke gesammelt, aber es fehlte die Zeit, um alles gründlicher kennenzulernen. Deshalb hatten wir vom 27. 4. 1992 bis zum 5. 5. 1992 eine Flugreise nach Zürich gebucht. Um 7:30 Uhr sollte unser Flug ab Berlin-Tegel starten. Ein Freund wollte uns um 6:00 Uhr abholen und zum Flughafen fahren. Normalerweise genug Zeit, um pünktlich dort zu sein. An unserem Abflugtag aber begann ein Streik im öffentlichen Dienst.

Auch die Berliner Verkehrsbetriebe streikten. Wir mussten damit rechnen, dass es zu Staus kommen würde, da mehr Leute mit dem Auto fahren würden. Sicherheitshalber wurden wir schon um 5:30 Uhr abgeholt und waren viel zu früh auf dem Flughafen, wo wir dann bei einer Tasse Kaffee die Zeit bis zum Abflug von Tegel verbrachten. In Zürich angekommen nahmen wir uns einen Mietwagen und fuhren weiter zu unserem Hotel in Lugano.

Wir verbrachten die Tage im Tessin bei herrlichstem Wetter und unternahmen viele Ausflüge. Wir besuchten den Lago Maggiore mit der Isola Bella und ihren weißen Pfauen und den Ortasee mit der Insel San Giulio. Die Häuser sahen vom Wasser aus wie ein Gemälde. Wir waren natürlich wieder in Ascona, mit der schönen Promenade und den hübschen Gassen. Wir besuchten das Maggia- und Verzascatal, mit der alten Steinbrücke und den pittoresken Häusern, die am Berg zu kleben schienen.

Besonders schön war es aber, wenn wir abends bei einem Glas Wein am Luganer See saßen und den Wasserspielen zusahen. Oder wir genossen den Blick aus dem Hotelfenster auf den Monte Bré und den San Salvatore und auf das Lichtermeer von Lugano und die beleuchteten Häuser an den Berghängen.

Sehenswert war natürlich der reichhaltige Blumenschmuck in den Parks und Gärten und vor allem die Villa Carlotta am Comer See. Rhododendren, Azaleen und Kamelien blühten in einer derartigen Vielfalt, wie wir es noch nirgends vorher gesehen hatten. Wir gingen die in Serpentinen angelegten Wege hinauf, rechts und links von fast haushohen blühenden Azaleen eingerahmt, bis wir dann von oben einen einmaligen Blick auf den Comer See hatten.

Als wir uns schließlich von dem Anblick getrennt hatten, machten wir uns auf den Rückweg. Auf dem Parkplatz neben unserem Mietauto stand ein Ehepaar. Die Leute waren Italiener und sprachen uns auf Italienisch an. Wir verstanden kein Wort, auch meine Lateinkenntnisse halfen mir nicht weiter. Wir versuchten es auf Deutsch und Englisch, aber diese Sprachen konnte das Ehepaar wiederum nicht. Wir verstanden nur, dass sie irgendwelche Auskünfte wegen des Autos haben wollten. Schließlich zeigte Ihnen mein Mann den Mietvertrag von Interrent, um ihnen verständlich zu machen, dass es nicht unser Auto war. Aber da waren die beiden Eheleute genauso hilflos, denn dort stand alles nur in deutscher und französischer Sprache. Also wurde weiter mit Händen und Füßen verhandelt, um sich verständlich zu machen.

Ich ging derweil zum Eingang der Villa Carlotta zurück und stellte mich an die lange Menschenschlange derer an, die wie ich auf die Toilette wollten.

Die Wartezeit überbrückte ich mit Überlegungen, ob mir irgendein italienisches Wort einfällt, durch das die Leute verstanden hätten, dass wir das Auto nur gemietet hatten. Dann kam mir ein Gedanke. Ich glaubte in Erinnerung zu haben, dass Vaterunser padre nostro heißt. Als ich mich dem Parkplatz wieder näherte, sah ich, dass mein Mann mit dem Ehepaar immer noch debattierte und einer den anderen nicht verstand. Als ich vor ihnen stand, sagte ich ganz spontan »non nostro« und deutete auf den Mietwagen. Die Leute strahlten über das ganze Gesicht. Der Mann zeigte auf Auto und Mietvertrag, hatte den Zusammenhang plötzlich verstanden. Wir lachten alle erleichtert und freundlich verabschiedeten sich beide mit einem arrividerci von uns.

Schon öfter hatten wir unterwegs versucht herauszufinden, was einzelne Wörter oder Sätze bedeuten könnten, wie beispielsweise Straßenschilder auf denen »Sui due lati« stand. Wir nahmen an, dass man auf beiden Straßenseiten nicht parken durfte und ließen uns im Hotel bestätigen, dass unsere Annahme richtig gewesen war.

So fragten wir uns auch, was wohl ein Schild an einer Rasenfläche zu sagen hatte, auf dem »nei tappeti verde« zu lesen war. Es hörte sich für uns wie hineintappen an, also wahrscheinlich »Betreten verboten«. Als wir später an einem Geschäft mit Tapeten und Auslegwaren vorbeikamen, an dem tappeti stand, schlossen wir daraus, dass in unserem Fall wohl mit tappeti verde der grüne Rasenteppich gemeint war, den man nicht betreten sollte.

Reingefallen sind wir eines Abends, als es nach einem Gewitter stark abkühlte und wir im Zimmer die Heizkörper höher drehen wollten, da sie nur lauwarm waren. Aber nach welcher Seite? Ein Plus- oder Minuszeichen war nicht auf dem Ventil zu finden, stattdessen die Bezeichnung caldo und freddo. Was hieß nun kalt und was warm? Wir einigten uns darauf, dass sich caldo wie kalt anhört, somit mussten wir auf freddo drehen. Nach einer Weile der Test, die Heizkörper wurden nicht wärmer, also drehten wir das Ventil in die andere Richtung. Dass caldo warm bedeutet, erfuhren wir am nächsten Tag durch ein Schild an einem Restaurant, auf dem caldo 12-14 Uhr stand, also warme Speisen von 12 bis 14 Uhr.

Viel zu schnell gingen die Urlaubstage zu Ende. Einen Tag bevor wir von Zürich nach Berlin zurückfliegen mussten, sahen wir im Fernsehen, dass in Deutschland immer noch im öffentlichen Dienst gestreikt wurde. Nun streikten nicht nur die Verkehrsbetriebe, auch die Flughäfen wurden be-

streikt. Wir machten uns auf den Weg ins Reisebüro und erfuhren, dass wir von Zürich nicht fliegen könnten, die einzige Möglichkeit wäre derzeit
noch ab Genf. Aber am nächsten Tag auf gut Glück
nach Genf zu fahren, um dort vielleicht mitgeteilt
zu bekommen, dass inzwischen auch von dort kein
Abflug möglich wäre, gefiel uns nicht. Im Reisebüro wurde uns geraten am nächsten Tag wieder
nachzufragen. Wie lange der Streik noch dauern
würde, konnte niemand sagen.

Vorsichtshalber gingen wir noch zur Post und
riefen selbst bei Lufthansa an, aber dort bekamen
wir auch keine andere Auskunft. Also zurück zum
Hotel, fragen, ob die Zimmer möglicherweise noch
für einige Tage zur Verfügung stehen. Ja, wir könnten bleiben.

Da der Streik noch länger dauern konnte, muss-
ten wir uns nun überlegen, wann wir spätestens mit
einem Auto nach Berlin fahren müssten, da mein
Mann ja seinen Dienst wieder antreten musste.
Zum Glück hatte er noch ein paar Urlaubstage zu
Hause eingeplant.

Wir beschlossen, höchstens noch zwei Tage in
Lugano zu bleiben. Dann würden wir mit dem Auto
und einer Zwischenübernachtung nach Berlin fahren. Allerdings nicht mit diesem Mietwagen, da es
ein Schweizer Auto war, wir hätten sonst 200
Dollar Rückführungsgebühren zahlen müssen.

Wir erfuhren, dass wir das Auto in Konstanz ab-
geben könnten, und beim Autovermieter dafür ein
in Deutschland zugelassenes Auto bekämen.

Nachdem alles geklärt war, hatten wir einen
weiteren Urlaubstag zur Verfügung und sahen uns
das alte Fischerdorf Gandria und Morcote an.

Der erste Gang des folgenden Tages führte uns gezwungenermaßen wieder ins Reisebüro.

»Nein, Sie können noch immer nicht fliegen«, wurde uns mitgeteilt. »Es gibt vielleicht die Möglichkeit über Hamburg zu fliegen, aber sicher ist das auch nicht.« Daraufhin verlängerten wir für eine weitere Übernachtung das Hotelzimmer. Am Folgetag erfuhren wir aus den Nachrichten, dass auch der Hamburger Flughafen bestreikt wurde und vor allem Frankfurt, was das größte Chaos im Flugverkehr mit sich brachte. Plötzlich hieß es dann aber, am kommenden Tag würde der Streik in Berlin-Tegel für 24 Stunden ausgesetzt, was uns auch von der Lufthansa bestätigt wurde. Wir konnten ohne Umbuchungsgebühr den Flug telefonisch auf den nächsten Tag umbuchen, die Maschine würde um 20:10 Uhr ab Zürich fliegen.

Sicherheitshalber rief mein Mann noch einmal am geplanten Abflugtag beim Flughafen an, wo man ihm bestätigte, dass der Flug wie vorgesehen um 20:10 Uhr erfolgen würde. Wir hatten also genügend Zeit, um über den San Bernardino zu fahren. Die Straße führte emsig bergan, vorbei an schneebedeckten Bergen. Die Schneefelder reichten teilweise bis zur Fahrstraße herunter. So fotografierten wir an denselben Stellen die verschneite Landschaft, an denen wir ein Jahr zuvor Sommerbilder gemacht hatten.

In Zürich begaben wir uns gleich zum Flughafenschalter, um unsere Tickets ändern zu lassen und einzuchecken. Wir wollten uns von den Koffern befreien und das Mietauto zurückgeben.

»Sie können die Tickets nicht ändern lassen, die sind ungültig. Sie hätten zu dem Termin fliegen müssen, der auf den Tickets steht«, teilte uns die Dame in recht unfreundlichem Ton mit.

»Das war auch unsere Absicht«, antworteten wir, »aber es war ja wegen des Streiks nicht möglich.«

»Das spielt keine Rolle. Sie haben Tickets zum Spartarif, die haben nun ihre Gültigkeit verloren.«

Nach einigem Hin und Her ging die Dame zu ihrem Chef. Als sie zurückkam, war sie wie umgewandelt und teilte uns freundlich mit, sie hätte sich doch so für uns eingesetzt, sodass ihr Chef ausnahmsweise die Tickets für gültig erklärt hätte. Selbstverständlich müssten wir auch keine Umbuchungsgebühren zahlen.

Wahrscheinlich wollte sie nur nicht zugeben, dass sie nicht richtig informiert war, denn die Lufthansa hatte laufend bekanntgegeben, dass sie im Fall eines Streiks kulant verfahren würde, was uns auch schon telefonisch mitgeteilt worden war.

Nun zum nächsten Schalter, fragen, ob wir einchecken können. Dort erfuhren wir, dass dies nicht, wie sonst üblich, 24 Stunden vorher ginge, weil ja noch nicht ganz sicher war, ob die Maschine fliegen würde.

»Wir haben doch gerade unsere Tickets ändern lassen«, sagten wir zu der Dame am Check-in-Schalter.

»Der Flug ist ja auch nicht gestrichen«, bekamen wir zur Antwort, »das Problem besteht nicht darin, dass man in Tegel nicht landen kann. Zur Zeit haben wir überhaupt kein Flugzeug und keine Crew in Zürich, um nach Berlin zu fliegen. Durch den Streik in Frankfurt wurden so viele Maschinen umgeleitet und niemand weiß, wann eine Maschine nach Zürich kommt. Fragen Sie doch um 16:00 Uhr wieder nach.«

Da so viel Zeit verstrichen war, lohnte es sich für uns leider nicht mehr, wie geplant, nach Zürich hineinzufahren und zum Zürichsee zu laufen. So hielten wir uns, bei zum Glück schönstem Sonnenschein, auf der Besucherterrasse auf, bis es Zeit war, wieder am Schalter vorzusprechen.

Als wir dort pünktlich um 16:00 Uhr wieder erschienen, wurde uns mitgeteilt, dass sich die Lage nicht verändert hätte.

»Es steht aber eine Maschine in Tegel, die wahrscheinlich nach Zürich kommt, aber sicher ist das auch noch nicht. Sie können deshalb nach wie vor nicht einchecken. Sie haben aber die Wahl, auf Swissair umzubuchen, diese Maschine fliegt auf jeden Fall, aber statt in Tegel landet sie in Schönefeld. Das ist aber Ihre Entscheidung. Wenn sie umbuchen, haben Sie auch die Umbuchungs-gebühren zu zahlen, denn der Lufthansa-Flug ist ja bisher nicht abgesagt.«

Nach kurzer Überlegung entschieden wir uns, nicht umzubuchen. Zwischendurch riefen wir, wie auch schon an den letzten Tagen, immer wieder in Berlin an, um den neuesten Stand durchzugeben, damit unser Freund, der uns abholen wollte, nicht umsonst zum Flughafen fuhr.

Um 18.30 Uhr wurden wir endlich unsere Koffer los, wir hatten die Gewissheit, dass der Flug statt-findet. Wir gingen durch die Kontrollen und be-gaben uns zum Wartesaal, wo wir nur fünf Per-sonen waren. Dies veranlasste dann einen Fluggast, noch einmal nachzufragen, ob die Maschine denn auch mit so wenigen Leuten fliegen würde. Zur

107

Abflugzeit waren wir aber zwölf Personen und bekamen, noch bevor die Maschine in der Luft war, von der Flugbegleiterin Orangensaft angeboten, was völlig unüblich war.

Die Erklärung erfolgte umgehend vom Flugkapitän, der mitteilte, dass die Maschine 30 Minuten später abfliegen würde, da wegen Bauarbeiten nur eine Start- und Landebahn zur Verfügung stünde und er noch keine Starterlaubnis hätte.

Irgendwann war es dann aber soweit und wir genossen unterwegs einen fantastischen Sonnenuntergang und bei der Landung einen schönen Blick auf das beleuchtete Berlin.

Wir glaubten, nun alles überstanden zu haben, aber als wir endlich aussteigen wollten, ertönte erneut die Stimme des Flugkapitäns, um mitzuteilen, dass er noch niemanden erreicht hätte, der die Treppe herausrollt und um etwas Geduld bat. Schließlich klappte es irgendwann mit der Treppe, wir konnten aussteigen und unser Gepäck in Empfang nehmen.

Unser Freund wartete schon geduldig auf uns und so waren wir nach einem langen Tag spätabends zu Hause und sind nach einer schönen Reise müde ins Bett gefallen.

Bayern

Schon seit Jahren hatte meine Mutter keinen Urlaub mehr gemacht, weil sie meinen pflegebedürftigen Vater betreute. Nun brauchte sie dringend einmal Abstand und so machte ich mit ihr für zwei Wochen Ferien in den Bergen. Wir buchten den Flug nach München im Reisebüro und fuhren von dort mit der Bahn zu unserem Ferienziel. Die Koffer hatten wir schon mit der Bahn vorausgeschickt.

Im Flugzeug saßen wir in einer Reihe mit drei Plätzen, ich am Gang, meine Mutter neben mir und auf dem Fensterplatz hatte ein junger Mann Platz genommen. Nach kurzer Zeit wurden Getränke verteilt und der junge Mann am Fenster bestellte einen Kaffee. Die Flugbegleiterin wollte ihm den Becher reichen und dabei schwappte Kaffee heraus, geradewegs auf meine weiße Hose. Die Flugbegleiterin entschuldigte sich und kam mit einem feuchten Tuch angelaufen, damit ich den Fleck entfernen könne. Das gelang eher weniger, der Fleck wurde nur noch größer. Daraufhin gab sie mir einen Gutschein, den ich nach der Landung in Geld für die Reinigung der Hose eintauschen konnte.

Es war mir sichtlich unangenehm mit diesem Fleck herumzulaufen, eine Ersatzhose befand sich im Koffer, der aber bereits in der Unterkunft stand. Nachdem wir am Urlaubsort unsere Zimmer bezogen hatten, machte ich mich gleich auf zu einer Reinigung. Die Dame dort betrachtete meine Hose und sagte:

»Ein Kaffeefleck auf einer weißen Hose, na, das wird schwierig, Sie hätten die Hose gleich ausziehen müssen und waschen.«

Man muss ihr zugutehalten, dass sie ja nicht wissen konnte, wo und wie der Fleck in die Hose gekommen war. Ich klärte sie darüber auf.

»Trotzdem hätten Sie die Hose sofort waschen müssen.« Ob sie wohl bedacht hatte, dass dies im Flugzeug nicht möglich war, schließlich konnte ich ja kaum ohne Hose dort sitzen. Es dauerte dann fast eine Woche, bis ich die Hose aus der Reinigung abholen konnte.

Auf der Rückfahrt aus dem Urlaub waren wir schon einige Zeit vor unserem Abflug am Flughafen. Wir hatten keine Lust, noch irgendwo herumzulaufen und setzten uns in den Wartebereich vom Check-in. Auf der Anzeigetafel stand ein Flug nach Berlin, der vor unserem an der Reihe war. Die Leute wurden abgefertigt, dann wurde auch unser Flug aufgerufen und wir konnten einchecken. Wir zeigten unsere Flugtickets vor und erhielten die Bordkarte. Als wir durch die letzten Kontrollen gingen, wurde uns plötzlich erklärt, dass unser Flugzeug schon längst weg war, wir hätten einen Flug früher nehmen müssen. Einen Flug früher saßen wir ja bereits im Wartebereich, aber dieser Flug stand nicht auf unseren Tickets und wir sind auch nicht als fehlende Passagiere aufgerufen worden.

Wir wurden herausgewinkt, damit alles noch einmal geprüft werden konnte. Wie sich herausstellte, standen wir auf keiner Flugliste, nicht auf der des vorherigen Fluges und nicht auf der für den unser Ticket ausgestellt war. Es gab uns schlichtweg nicht. Ich sah uns schon in München ein Hotel-zimmer suchen und einen Flug für den nächsten Tag buchen. Der Dame an der Abfertigung taten wir wohl irgendwie leid und sie meinte, wir sollten noch einen Moment warten, sie wollte sehen, ob sich nicht doch etwas arrangieren ließe. Ich hoffte, dass es wenigstens einen freien Platz geben würde, damit meine Mutter, die schon völlig mit den Nerven fertig war, hätte fliegen können.

Aber dann wurde uns gesagt, es gäbe noch zwei Plätze, nur würden sie nicht nebeneinander liegen. Das war ja nicht schlimm, wir waren einfach nur froh, dass wir doch noch am selben Tag nach Berlin kamen, als blinde Passagiere sozusagen.

Warum wir auf keinem Flug trotz existierender Tickets vermerkt waren, hat sich nie aufklären lassen, auch nicht durch das Reisebüro in Berlin.

Meran

Im Jahr 2010 wollten wir erneut einen Urlaub in Meran zur Apfelblüte verbringen. Wieder mit dem Flugzeug nach München und von dort weiter mit einem Mietauto. Der Flug sollte Mitte April stattfinden.

Ende März wurde von dem Ausbruch eines Vulkans auf Island in den Medien berichtet, mit dem unaussprechbaren Namen Eyjafjallajökull. Täglich erfuhren wir die letzten Neuigkeiten über die ausgetretene Vulkanasche. Schließlich mussten auf Island Leute evakuiert werden. Der Vulkan hörte nicht auf, Asche auszuspucken und die Aschewolke breitete sich immer weiter aus. Es gab die ersten Einschränkungen im Flugverkehr. Starke Winde verbreiteten die Asche immer weiter und die Einstellungen des Flugverkehrs nahmen täglich zu.

Unser Abflug rückte immer näher. Inzwischen waren große Teile Nord- und Mitteleuropas von dem Vulkanausbruch in Mitleidenschaft gezogen. Einen Tag vor unserem Flug hieß es, dass nun auch Deutschland betroffen wäre und möglicherweise an unserem Abflugtag kein Flugverkehr ab Berlin stattfinden könnte.

Glücklicherweise starteten wir ohne Probleme. Abends erfuhren wir dann bei einem Anruf in Berlin, dass wir einen der letzten Flüge erwischt hätten, zwei Stunden später wurde der Flugverkehr eingestellt.

Sylt

Wieder einmal Sylt. Bisher waren wir immer mit dem Auto auf die Insel gefahren, nun aber wurden zur Neueröffnung der Flugstrecke Berlin - Sylt von der Fluggesellschaft preiswerte Flüge angeboten. Wir beschlossen, dieses Angebot zu nutzen. Wir saßen im Flugzeug und warteten auf den Start. Endlich ging es los. Das Flugzeug bewegte sich über das Rollfeld, aber die Strecke nahm kein Ende, bis wir feststellen mussten, dass wir im Kreis gefahren waren und uns wieder am Ausgangspunkt befanden. Das Flugzeug stand kurz, bevor es sich erneut in Bewegung setzte.

Der Flugkapitän beschleunigte, aber das Flugzeug hob wieder nicht ab, wurde stattdessen langsamer und wir befanden uns erneut am Ausgangspunkt. Auch der dritte Versuch endete so, einen vierten gab es nicht.

Wir standen und standen, bekamen keinen Hinweis, weshalb das so war, weder eine Ansage durch die Flugbegleiterinnen noch vom Flugkapitän. Schließlich fragte einer der Passagiere, weshalb wir nicht fliegen und erhielt zunächst eine ausweichende Antwort. Dann kamen Mechaniker an Bord und wir wurden darüber informiert, dass sie versuchen wollten, einen Defekt der Maschine zu reparieren. Dies schien allerdings nicht zu funktionieren und wir mussten die Maschine verlassen mit dem Hinweis, dass das zwei Stunden dauern würde. Wir könnten die Abfertigungshalle verlassen und sollten zur angedachten Zeit wieder erscheinen.

Unter einigen Fluggästen machte sich Unmut breit. Jemand hatte einen Geschäftstermin auf Sylt, den er bei Verspätung der Maschine nicht mehr anzutreten brauchte und forderte die Koffer zurück. Ein Ehepaar mit Kleinkind wollte auch nicht mehr fliegen und ewig warten, weil es durch die Verspätung für das Kind zu anstrengend werden würde. Andere Fluggäste forderten ebenfalls ihr Gepäck zurück, sie hatten Bedenken, mit einer gerade reparierten Maschine zu fliegen.

Nach zwei Stunden standen wir wieder am Check-in-Schalter, mussten noch einmal durch die Sicherheitskontrollen, da wir die Abflughalle verlassen hatten, und warteten. Erneut tat sich nichts, alle dortigen Mitarbeiter konnten uns keine Auskunft geben. Wir hatten schon damit gerechnet, dass wir die Nacht wieder in unseren heimischen Betten verbringen würden und erst am nächsten Tag fliegen könnten. Dann plötzlich die Information, dass eine andere Maschine fliegt, sie stand sogar schon zum Abflug am Gate, allerdings gab es keinen Piloten, der diesen anderen Flugzeugtyp fliegen durfte. Es sei aber ein Pilot angefordert worden, der dienstfrei hätte und sich bereits auf dem Weg zum Flughafen befinden würde.

Als die Maschine dann endlich in der Luft war, wurde jedem Passagier ein Glas Sekt als Entschädigung angeboten und mit einigen Stunden Verspätung landeten wir sicher auf Sylt.

Österreich

Ein halbes Jahr bevor wir wieder in den Urlaub fliegen wollten, musste ich meinen Personalausweis verlängern lassen. Damals bekam man einfach einen Verlängerungsstempel in den Ausweis. Da es kein freies Stempelfeld mehr in dem Ausweis gab, hätte ich nun eigentlich einen neuen bekommen. Den aber wollte der Polizeibeamte nicht ausstellen, weil es sich nicht lohnen würde. Es sollten demnächst neue, fälschungssichere Ausweise eingeführt werden. Er überlegte kurz und meinte:

»Da bekommen Sie von mir einfach eine Deckelverlängerung«, und machte den Stempel irgendwo auf den Deckel des Ausweises. Ich fragte noch nach, ob ich damit auch keinen Ärger bekäme, was er verneinte. Nun standen wir auf dem Flughafen und zeigten unsere Ausweise vor.

»Mit dem Ausweis können Sie nicht fliegen«, wurde mir gesagt, »der Ausweis ist ungültig.«

»Der Ausweis ist nicht ungültig«, antwortete ich, »ich habe eine Deckelverlängerung.«

»Eine Deckelverlängerung? So etwas gibt es nicht«, bekam ich zur Antwort. Ich erklärte dann, weshalb ich keinen anderen Ausweis bekommen hatte. Ich wurde noch einmal prüfend angesehen, dann durfte ich zum Glück mitfliegen.

Auf der Weiterfahrt mit dem Mietauto nach Österreich passierte dasselbe an der Grenzkontrolle, der Ausweis sei nicht gültig, meine Erklärung bezüglich der Deckelverlängerung verstand man hier nicht. Nach drei neuen Anläufen, den Sachverhalt zu erklären, wurden wir dann einfach durchgewinkt, allerdings mit dem Hinweis, ich möge doch künftig mit einem gültigen Personalausweis einreisen.

Wintertage

Wenn ich an meine Kindheit denke, so fällt mir auch ein, wieviel Schnee es damals gab. Oft ist mein Vater nach draußen gegangen und hat Schnee gefegt und sich danach in der Wohnung aufgewärmt und heißen Tee getrunken. In der Zwischenzeit war erneut so viel Schnee gefallen, dass er von vorn anfing, die Schneemengen zu beseitigen.

Häufig sind wir rodeln gegangen, haben Schneemänner gebaut und Schneeballschlachten untereinander ausgetragen. Wenn wir mit der Straßenbahn fuhren, wurde die Fahrt häufig abgebrochen. Der Fahrer verkündete, dass er wegen des vielen Schnees nicht weiterfahren kann und zunächst die Straße reinigen muss. Die Fahrgäste konnten entscheiden, ob sie zu Fuß weiterlaufen oder warten wollten, bis er fertig war. Diese starken Schneefälle gibt es heute nur noch selten. Jetzt, wo ich älter bin, vermisse ich sie auch nicht mehr. Ich bin jetzt froh, wenn ich sicher laufen kann und keine Angst davor haben muss, dass ich ausrutsche.

Doch ich vermisse den Blick in den Himmel, wenn die schönen dicken Flocken auf die Erde herabfallen. Der Anblick hat mich immer fasziniert, ebenso wie die wunderschön verschneiten Tannen und das Glitzern des Schnees, wenn die Sonne darauf schien. Auch Eisblumen am Fenster, die wir früher öfter hatten, gibt es inzwischen nicht mehr.

Gemeinsamkeiten

Mein Mann und ich kannten uns schon seit einiger Zeit, als wir uns über unsere Kindheit unterhielten.

Ich erzählte, dass ich immer zu einer bestimmten Uhrzeit ins Bett gehen sollte. Da ich aber noch nicht schlafen wollte, las ich häufig mit einer Taschenlampe unter der Bettdecke und machte sie schnell aus, wenn meine Mutter nochmal gucken kam, um zu sehen, ob ich eingeschlafen war.

Oft habe ich auch leise Radio gehört, eine Serie, in der Fräulein Fieseltanz vorkam. Wie die Serie hieß, weiß ich heute nicht mehr. Sonntags gab es immer die Sendung mit Onkel Tobias und dem Anfangslied: »Der Onkel Tobias vom Rias ist da, was wird er wohl heute uns bringen? Er bringt uns zum Lachen, will Freude uns machen, erzählen und spielen und singen.« An jedem vierten Sonntag gab es Kasperletheater.

Wie sich herausstellte hat auch mein Mann diese Sendungen gehört, genauso wie die Krimi-Reihe »Es geschah in Berlin«. Wir stellten fest, dass wir uns beide aus dem Schuhgeschäft Salamander ein kleines Heft geholt haben, das Lurchis Abenteuer hieß und Geschichten von einem Salamander erzählte. Genauso gern sind wir beim Schuhkauf mit den Füßen in einen Kasten gestiegen, in dem wir unsere Füße sehen konnten, aber leider konnte die Verkäuferin das auch und so berichtete sie unseren Müttern, ob die Schuhe zu eng oder zu weit waren. Unser Wunsch, Schuhe zu bekommen, die uns gut gefielen und angeblich besonders gut passten, wurde dadurch meistens zunichte gemacht. Oft waren diese auch am teuersten, doch so viel Geld konnten und wollten unsere Mütter nicht ausgeben.

So hatten wir bereits gemeinsame Erlebnisse ohne uns gekannt zu haben.

Trotz dieser und anderer Gemeinsamkeiten trennen uns auch Welten. Mein Mann las für sein Leben gern Micky-Maus-Hefte sowie Asterix und Obelix. Dafür durfte ich mein Taschengeld nicht ausgeben. Ich finde die Figuren an sich niedlich und weiß inzwischen auch, wer Tick, Trick und Track sind, sehe aber voller Unverständnis zu, wenn mein Mann - auch heute noch - in den Heften liest und sich dabei köstlich amüsiert.

Eine weitere Sache unterscheidet uns ebenfalls. Ich trinke nicht gern Milch, schon gar keine heiße, auf der sich oben eine Haut gebildet hat. Mein Mann hingegen mag Milch und er mag auch die Haut, die er mit den Fingen herunterhebt und isst. Das finde ich schon ekelig, wenn ich dabei zusehe. Mein Mann behauptet, in seiner Generation hätten alle die Haut gegessen.

Man beachte unseren Altersunterschied: Mein Mann ist vier Jahre älter als ich - eine andere Generation?

Als ich Kind war und meine Mutter mich noch zum Schlafen ins Bett gebracht hat, rief ich sie nach einiger Zeit und erklärte Durst zu haben. Den hatte ich natürlich nicht, ich wollte nur noch nicht schlafen, und hoffte, sie würde mir vielleicht noch eine Geschichte vorlesen. Hat sie aber nicht, stattdessen holte sie mir warme Milch mit Honig, ausgerechnet Milch. Anstandshalber trank ich eini-

ge Schlucke und habe mich freiwillig wieder hingelegt.

Salz statt Zucker

Wir waren zum Kaffee eingeladen und freuten uns auf den leckeren Käsekuchen. Die Gastgeberin verteilte die Stücke auf die jeweiligen Teller, goss den Kaffee ein und gemeinsam begannen wir zu essen. Mitten beim Kauen hielten wir alle inne und verzogen den Mund. Der Kuchen schmeckte gar nicht lecker, sondern versalzen.

Beim Backen des Kuchens wurden offenbar die Dosen mit Salz und Zucker vertauscht. Der Kuchen landete im Müll. Zum Glück war der Bäcker nicht weit weg und wir aßen wenig später den dort gekauften Käsekuchen.

Maulwurfshügel

In Abständen machte sich mein Mann an die Arbeit und stach die vielen Löwenzahnpflanzen, die sich mit der Zeit ausgesät hatten, mit einem Messer aus der Rasenfläche. Da die Pflanzen teilweise etwas größer waren, entstanden richtige Löcher. Sie wurden mit Erde aufgefüllt, die mein Mann aber nicht mit dem Fuß andrückte. Nach getaner Arbeit saßen wir im Garten und sahen wie ein Ehepaar stehen blieb und die Frau zu ihren Mann sagte:

»Guck mal, die Leute werden sich auch über die vielen Maulwurfshügel auf dem schönen Rasen ärgern.«

Igel oder doch nicht?

Wir entdeckten, dass wir einen Igel im Garten hatten. Er kam abends immer zur selben Zeit aus einem Versteck, lief die Wege entlang und schnupperte hier und dort. Wir freuten uns darüber und setzten uns nun regelmäßig auf die Treppenstufen vor dem Haus um auf ihn zu warten. Bevor er kam, stellten wir ihm in in einer großen Entfernung ein Schälchen mit Milch auf den Weg. Bei seinem Rundgang bemerkte der Igel das Schälchen und trank von der Milch. Mein Mann nahm schnell seinen Fotoapparat und schlich sich an. Sobald der Igel meinen Mann bemerkte oder das Klicken des Apparates vernahm, hörte er auf zu trinken und lief eine Runde durch den Garten, bevor er wieder das Milchschälchen in Augenschein nahm und weitertrank. Sobald nur noch ein Rest von der Milch übrig war, stieg er auf den Rand des Schälchens, so dass es angekippt war und schleckte es bis auf den letzten Tropfen leer.

Wir wollten den Igel näher ans Haus locken und stellten das Schälchen jeden Abend etwas weiter zu uns hin. Der Igel akzeptierte das und trank seine Milch. Wir hatten einen Steingarten und irgendwann waren wir mit dem Milchschälchen am oberen Rand des Steingartens angekommen. Von dort führten vier Stufen den Hang hinunter zum tiefer gelegenen Gartenstück. Nun saßen wir eines Abends gespannt da und warteten auf den Igel. Würde er den Hang hinunterlaufen, um an seine Milch zu kommen oder gar die Stufen überwinden?

Die Uhrzeit, zu der er immer erschien, war schon überschritten, aber es war kein Igel zu sehen. Wir warteten weiter und dachten schon, er würde nicht kommen, als wir ein Geräusch aus einem Busch wahrnahmen, wo wir ihn auch zu sehen glaubten. Wir waren uns nicht ganz sicher, da es schon relativ dunkel war. Dann kam er und wir wunderten uns darüber, wie schnell und elegant er die Treppenstufen herunterlaufen konnte. Er steuerte das Milchschälchen an und da bemerkten wir es: Es war gar nicht der Igel, sondern eine kleine Katze, die sich die Milch schmecken ließ.

Den Igel und auch die Katze haben wir leider nie wieder gesehen.

Viel später haben wir erfahren, dass man einem Igel keine Milch geben soll, sondern Wasser. Wir hoffen, dass er von der Milch keinen Schaden genommen hat.

Schneckenalarm

Hin und wieder geschah es, dass wir einige Schnecken mit Häuschen oder auch Nacktschnecken im
Garten hatten. In einem Sommer gab es aber eine
regelrechte Plage an Nacktschnecken. Sobald es
geregnet hatte, bevölkerten sie den Garten. Also
wurden sie eingesammelt und vernichtet, bevor sie
alle Pflanzen anfraßen. Mit den angrenzenden
Nachbarn sprachen wir über die verschiedenen
Arten der Beseitigung und erfuhren: Ein Nachbar
warf sie in einen großen Kochtopf mit kochendem
Wasser, ein anderer nahm eine große Plastiktüte,
warf die Schnecken hinein und streute Salz in die
Tüte, die er dann zuband und später mit den toten
Schnecken in der Mülltonne entsorgte. Ein weiterer
Nachbar legte Schneckenkorn aus um sie zu ver-
giften und meine Mutter warf sie auf die Straße,
wo sie von den Autos totgefahren wurden. Eines
Abends beobachteten wir einen weiteren Nachbarn
dabei, wie er in der Dunkelheit die eingesammelten
Schnecken über den Zaun zu einem anderen Nachbarn warf. Das war sicher die humanste Art, die
Schnecken loszuwerden, die Frage ist nur, ob es der
betreffende Nachbar auch so gesehen hat. Vielleicht krochen sie aber auch zurück in Nachbars
Garten und der warf, ohne es zu ahnen, immer
wieder dieselben Schnecken über den Zaun.

Kartoffelsuppe

Von vielen Frauen wird beklagt, dass ihr Ehemann sie mit seiner Mutter vergleicht und sie das auch ständig zu hören bekommen: »Meine Mutter hat das aber anders gemacht, bei meiner Mutter hat das Essen besser geschmeckt«, und dergleichen.

Ich habe das von meinem Mann nie gesagt bekommen, im Gegenteil, er hat es immer anerkennend bemerkt, wenn ihm die Mahlzeiten besonders gut schmeckten. Aber was wäre die Regel ohne Ausnahme? Kartoffelsuppe, ja, die hätte bei seiner Mutter deutlich besser geschmeckt. Das erwähnte er nicht nur einmal, sondern immer, wenn es Kartoffelsuppe gab.

Irgendwann hatte ich einen Einfall. Ich traf mich gelegentlich mit meiner Schwiegermutter, wir gingen bummeln und haben im Anschluss im Restaurant gegessen oder Kaffee getrunken. Als so ein Treffen wieder anstand, bat ich meine Schwiegermutter darum, Kartoffelsuppe zu kochen und mir zwei Portionen in einer Schüssel mitzubringen. Ich bat sie auch, es meinem Mann nicht zu erzählen. Als er am nächsten Tag von der Arbeit kam, servierte ich ihm die Kartoffelsuppe seiner Mutter. Er aß sie schweigend wie immer und meinte dann - auch wie immer - :

»Sie hat ja nicht schlecht geschmeckt, aber so wie die Kartoffelsuppe von meiner Mutter war sie nicht, die hat besser geschmeckt.« Antwort meinerseits: »Die Suppe war von deiner Mutter, die hat sie mir gestern mitgebracht.«

Schweigen. Und wenig später: »Früher hat sie besser geschmeckt, dann muss meine Mutter die heute anders zubereiten.«

Mitteltal im Schwarzwald

Bisher waren wir immer auf normalen Straßen an unser Urlaubsziel gelangt. Nicht so bei unserer Fahrt nach Mitteltal bei Baiersbronn.

Wir fuhren durch den Ort, konnten aber den Abzweig zu unserm Quartier nicht finden.

Ein Navigationsgerät gab es damals noch nicht. Die Straße führte entlang der Murg, einem kleinen Bach. Mehrmals fuhr mein Mann hin und her, hielt schließlich an und fragte einen Mann nach dem Weg.

»Um zu dem Abzweig zu kommen, müssen Sie ein ganzes Stück aus dem Ort herausfahren, dann geht irgendwann eine Asphaltstraße den Berg hinauf. Sie können es auch einfacher haben, fahren Sie doch durch die Murg, und dann ein paar Meter den Berg hinauf und schon sind Sie da.«

Die freundliche Verkäuferin

Im Winter, wenn im Garten nichts blüht, kaufe ich mir regelmäßig einen Blumenstrauß in einem bestimmten Blumenladen. Dort werde ich von einer stets freundlichen Verkäuferin bedient, die für jeden Kunden ein nettes Wort hat. Wenn es mir mal nicht gut geht und ich sie im Laden sehe, fühle ich mich gleich etwas besser. Irgendwann dachte ich, dass ich es ihr mal sagen muss. Beim nächsten Blumenkauf bemerkte ich dann:

»Sie sind immer so freundlich. Wenn es mir nicht gut geht und ich Sie sehe, geht es mir gleich besser.«

Die Verkäuferin hat sich so darüber gefreut, bedankte sich ganz herzlich und antwortete:

»Das ist aber nett, dass Sie das sagen, ich bin heute überhaupt nicht gut drauf, jetzt geht es mir auch gleich besser.«

Ich mache das seither öfter und sage, wenn mir etwas gut gefällt oder ich nett bedient werde. Ich habe aber auch schon oft versucht, denjenigen etwas Nettes zu sagen, die mir unfreundlich begegnen, in der Hoffnung, dass sie dann auch freundlicher werden. Aber da bin ich oft enttäuscht worden. Wer unfreundlich ist, bleibt es auch in den meisten Fällen.

Ein Einbruch kommt selten allein

Herr Franke erzählte uns, dass bei ihm eingebrochen wurde. Seine Wohnung liegt im Souterrain
eines Mehrfamilienhauses und ist über den Hof
zugänglich. Als er nach Hause kam, bemerkte er,
dass die Haustür aufgebrochen war. Er ging durch
die Wohnung und stellte fest, dass sein Rasierapparat aus dem Bad verschwunden war. Er rief
sofort bei der Polizei an und meldete den Diebstahl.
Als ein Polizeibeamter kam, um die Schäden
aufzunehmen, berichtete ihm Herr Franke, dass
außer dem Rasierapparat nichts aus dem Bad
gestohlen wurde. Dazu der Kommentar des
Beamten:
»Man bewahrt seinen Rasierapparat auch nicht
unverschlossen im Bad auf.«
Wir fanden das etwas merkwürdig, wo sollte man
ihn denn sonst aufbewahren?

Wir feierten Silvester einige Häuser von uns entfernt bei Freunden. Unsere Nachbarn waren auch
nicht zu Hause und baten uns, ob wir nach Mitter-
nacht kurz zu ihnen gehen könnten und nach ihrer
Katze sehen. Sie würden ihr zwar ein Beruhigungs-
mittel geben, aber die Katze würde vielleicht doch
von der Knallerei erschreckt werden und im Haus
randalieren. Die Katze war Freigänger und
gewohnt unterwegs zu sein. Durch ihre Katzenklappe konnte sie normalerweise ins oder aus dem
Haus, wie es ihr beliebte. Zu Silvester war die

Katzenklappe aber so gestellt, dass sie das Haus nicht verlassen konnte. Selbstverständlich versprachen wir, nach der Katze zu sehen.

Gemeinsam mit unseren Freunden begrüßten wir das neue Jahr und sahen dem Feuerwerk zu. Dann machten wir uns auf den Weg zu den Nachbarn, schlossen die Gartentür und die Haustür auf und wollten die Tür zum Korridor öffnen. Da sie normalerweise ganz leicht zu öffnen ist, wunderten wir uns, dass sie sich so schwer aufschieben ließ. Wir suchten den Lichtschalter, machten Licht und bemerkten die Bescherung. Im Flur war eine große Zimmerpflanze umgefallen. Mein Mann drückte kräftiger gegen die Tür, sie ging auf und ich sagte:

»Da kommen wir wohl zu spät, die Katze hat schon randaliert.«

Wir riefen nach ihr, aber sie erschien nicht. Jetzt bemerkten wir, dass die vergitterte Terrassentür offenstand und mein Mann meinte: »Es ist ja kein Wunder, dass die Katze nicht kommt, die Nachbarn haben vergessen, die Terrassentür zuzumachen. Erschreckt von der Knallerei wird sie in den Garten geflüchtet sein.«

Das glaubte ich nicht und suchte weiter nach der Katze. Als ich ins Wohnzimmer kam, sah ich, dass die Fensterscheiben eingeschlagen waren, hier wurde ganz offensichtlich eingebrochen. Wir verließen rasch das Haus, theoretisch hätten die Einbrecher ja noch irgendwo im Haus sein können. Dann riefen wir die Nachbarn auf ihrem Handy an, die nun unfreiwillig ihre Silvesterfeier verließen. Danach meldete ich den Einbruch bei der Polizei.

Zu unseren Freunden zu gehen und dort weiter fröhlich Silvester zu feiern, danach stand uns auch nicht mehr der Sinn. Stattdessen warteten wir auf unsere Nachbarn. Später erfuhren wir, dass die Polizei meinte, dass wir die Einbrecher offensichtlich auf frischer Tat ertappt hätten. Sie waren wohl tatsächlich noch im Haus und hörten, wie wir die Haustür aufschlossen. Daraufhin hätten sie den Blumentopf an die Tür geworfen, um zu verhindern, dass wir schnell ins Haus gelangen würden und sie genügend Zeit hatten durch das Fenster zu flüchten. Im Haus war zwar alles durchwühlt, aber nichts gestohlen worden.

Später fiel uns ein, dass im Flur nie ein Blumentopf stand und die Katze auch nicht die Kraft gehabt hätte, um einen so großen Topf umzustoßen. Die Katze blieb vorerst verschwunden. Als sie irgendwann auftauchte, war sie noch ganz verschüchtert und verkroch sich im Schlafzimmer unter dem Bett.

Paul und Emma Schwarz, ein älteres Ehepaar, waren ebenfalls Nachbarn. Sie wohnten in einem Einfamilienhaus und hatten für einige Tage den Bruder von Herrn Schwarz zu Besuch. Dieser hatte sich für ein Mittagsschläfchen ins Gästezimmer zurückgezogen. Herr Schwarz hielt sich derweil im Garten auf und hatte die Terrassentür offen gelassen.

Der Bruder von Herrn Schwarz wachte auf, als die Tür zum Gästezimmer geöffnet und gleich darauf schnell geschlossen wurde.

»Paul, bist du das?«, fragte er, bekam aber keine Antwort. Er stand auf, weil er im Nebenzimmer Geräusche hörte und als er in den Flur kam, bemerkte er, wie schnell jemand aus der Terrassentür lief. Er ging zu seinem Bruder Paul, erzählte, was passiert war und beide stellten fest, dass Pauls Geldbörse aus dem Wohnzimmer gestohlen worden war.

Im Gasthaus

Am Nachbartisch hat ein junges Ehepaar mit einer vielleicht zehnjährigen Tochter Platz genommen. Die Bedienung kommt, legt die Speisekarte auf den Tisch und sagt zu dem Mädchen:

»Habt Ihr einen schönen Ausflug gemacht?«

»Ja«, antwortet die Kleine. »Ich habe Ihnen auch etwas Schönes mitgebracht.«

Gespannt wartet die Bedienung darauf, was das wohl sein wird. Da antwortet das Mädchen:

»Einen guten Appetit.«

Vorsicht - Spinne

Ich weiß nicht, ob ich jemals keine Angst vor Spinnen hatte. Sobald ich eins dieser - für mich ekeligen Tiere - sah, fing ich fast an zu schreien und hoffte, jemanden aus der Familie zu finden, der sie für mich beseitigt.

Als Kind hatte ich ein eigenes Zimmer. Meine Oma schlief im Raum nebenan. Als ich ins Bett gehen wollte, sah ich einen Weberknecht an der Wand sitzen und lief zur Oma. Meine Oma hatte diese Angst nicht, was sollten ihr auch die kleinen Tiere tun, so meinte sie. Glücklicherweise kam sie aber mit, um die Spinne einzufangen. Sie nahm sie sogar in die Hand und spülte sie dann in die Toilette. Am liebsten wäre ich mitgegangen, um mich zu überzeugen, dass sie auch tot war, aber selbst das war mir ekelig. Ich fragte sicherheitshalber immer nach, ob sie auch wirklich tot war. Dann ging ich beruhigt schlafen.

Es passierte jedoch einmal, dass ich am Morgen erwachte und die Spinne fast genau an der Stelle an der Decke saß, an der sie meine Oma abends zuvor gefangen hatte. Da ich auch nie zusah, wenn Oma sie einfing - allein dadurch wären mir schon kalte Schauer über den Rücken gelaufen - hatte ich auch nicht bemerkt, dass sie meiner Oma davonlief. Meine Oma hatte also nur so getan, als hätte sie das Tier gefangen. Ich lief zu ihr und sagte, dass sie mich an der Nase herumgeführt hätte. Anstelle eines Eingeständnisses hat sie sich nur köstlich amüsiert. Seitdem habe ich ihr nicht mehr vertraut, wenn es um Spinnen ging.

Es blieb natürlich nicht aus, dass immer wieder einmal eine Spinne im Zimmer war. Als ich eines Nachts aufwachte und Licht anmachte, weil ich zur Toilette musste, sah ich sie. Meine Oma weckte ich deshalb nicht. Sie wäre vielleicht gekommen um sie zu beseitigen, aber ihr traute ich ja nicht mehr. Was also machen mitten in der Nacht? Da fiel mir ein, dass wir noch ein kleines Gästezimmer neben meinem Zimmer hatten und so nahm ich mein Bettzeug und schlief in dem dortigen Bett weiter.

Meine Mutter weckte mich jeden Morgen, wenn ich aufstehen musste, um zur Schule zu gehen. Damit sie mich auch fand, schrieb ich einen Zettel: »Bin im Gästezimmer«, und klebte ihn von außen an die Zimmertür. Meine Mutter lachte mich aus, als sie kam, was ich für ein Theater machen würde wegen der kleinen Spinne. Ich erinnerte sie sofort daran, dass sie Angst vor Mäusen hat und ich sie ihr nicht mehr beseitigen würde, wenn wieder mal eine tot im Garten liegt, falls sie nicht bereit ist, sich um die Spinnen zu kümmern.

Auch mein Mann war immer so nett, mir die Spinnen zu töten. Das reichte sogar soweit, dass ich ihn im Urlaub mitten in der Nacht deswegen weckte. Damals hatten wir noch Zimmer ohne Bad und mussten auf das Etagenklo gehen. Nichtsahnend machte ich dort die Tür auf und da saß sie dann, direkt über der Toilette. Ich machte schnell die Tür von außen wieder zu und weckte meinen Mann mit den Worten: »Ich kann nicht auf die Toilette, weil da eine Spinne sitzt.« Mein Mann war zwar nicht begeistert, deshalb extra aufstehen zu müssen, aber er kümmerte sich trotzdem wie stets um die Spinnen.

Nur einmal nahm ich all meinen Mut zusammen und tötete die Spinne selbst. Mein Mann schlief noch und bevor ich ihn wecken ging, sah ich mir die Spinne an. Sie war nicht ganz so riesig. Ich nahm mir einen Pantoffel von meinem Mann und schlug zu. Getroffen. Tot klebte sie an der Schuhsohle, das war für mich fast so ekelig, als wenn sie lebendig an der Wand saß. Deshalb hatte ich auch nicht meinen eigenen Pantoffel genommen. Wer hätte mir dort die Spinne abgemacht?

Wohin mit dem Müll?

Ich unternehme am Abend oft einen kleinen Spaziergang durch mein Wohnviertel. An vielen Straßenlaternen hängen Abfallbehälter von der Stadtreinigung. Auf einem dieser Rundgänge traf ich auf eine Frau, die eine leere Fischbüchse in der Hand hielt und dabei war, sie in den Abfallbehälter zu werfen. Sie erzählte mir, dass sie verschiedene Behälter mit unterschiedlichen Abfällen füllt, in den einen Büchsen, in den nächsten Essensreste usw. Ich sagte ihr, dass die Behälter nicht dazu da wären, seinen Haushaltsmüll zu entsorgen. Sie sah mich ohne den Anschein eines schlechten Gewissens an und meinte nur, sie mache das eben so.

Die unterschiedlichen Mantelärmel

Ich benötigte dringend einen neuen Mantel und durchstöberte die Kaufhäuser. In einem fand ich ihn, er gefiel mir auf Anhieb. Allerdings waren mir die Ärmel immer viel zu lang. Damals gab es noch in jedem Kaufhaus einen Änderungsschneider oder die Sachen wurden zur Änderung weggeschickt. Nach ein paar Tagen konnte der Mantel abgeholt werden.

Ich legte meinen Abholschein vor und ging mit der Manteltüte nach Hause. Anprobiert habe ich ihn nicht mehr. Ich hielt das nicht für nötig, was sollte denn nicht stimmen, wenn nur die Ärmellängen zu kürzen waren. Zu Hause zog ich ihn an, um ihn meiner Mutter zu zeigen und da sah ich das Malheur. Ein Ärmel war noch genauso lang wie zu Anfang, dafür schien der zweite Ärmel zweimal gekürzt worden zu sein. Ungläubig starrten meine Mutter und ich auf die Ärmel, dann packte ich den Mantel wieder in die Tüte und fuhr zum Kaufhaus zurück. Ich wandte mich an die Verkäuferin, die sich das Missgeschick besah.

»Ach«, meinte sie dann, »das ist doch nicht so schlimm. Wir kürzen den anderen Ärmel entsprechend und wenn Sie dann lange Handschuhe dazu anziehen, sieht es doch niemand.«

Ich dachte, ich hätte mich verhört, aber die Verkäuferin reagierte etwas ungehalten, als ich das ablehnte und mein Geld zurückhaben wollte. Erst nach einigem Hin und Her war sie schließlich bereit, den Mantel zurückzunehmen und ich erhielt mein Geld.

Fortan sorgte ich dafür, dass mir so etwas nicht noch einmal passiert. Bis heute ziehe ich jedes Kleidungsstück nach der Änderung an, bevor ich das Geschäft verlasse.

Die leibhaftige Mutter

Das Telefon klingelt. Es ist ein Uhr nachts. Wir schrecken aus dem Schlaf, mein Mann geht zum Telefon. Eine Rufnummer ist nicht zu erkennen. Hoffentlich ist nichts passiert. Mein Mann nimmt den Hörer ab, meldet sich mit »Hallo«. Ein Mann sagt:

»Ich möchte meine leibhaftige Mutter sprechen.« Vielleicht ist er betrunken, es hört sich aber nicht so an. Mein Mann legt auf, wir schlafen weiter.

So passiert es in vielen Nächten, fast immer zur gleichen Uhrzeit. Des Öfteren weist mein Mann darauf hin, dass er sich wohl verwählt hätte. Nein, habe er nicht.

Dann Funkstille, keine nächtlichen Anrufe mehr.

Einige Wochen später klingelt wieder das Telefon, am zeitigen Abend diesmal. Aber wieder derselbe Mann. Freundlich entschuldigt er sich für die nächtlichen Anrufe. Sie wären offenbar fehlgeleitet worden und bei uns gelandet, er hätte jetzt aber seine leibhaftige Mutter endlich sprechen können. Er möchte uns in ein Café einladen, sozusagen als Entschädigung. Wir lehnen dankend ab.

Anrufe von ihm haben wir nicht mehr bekommen.

Rechts oder links?

Bei unseren Urlauben innerhalb von Deutschland fiel es mir besonders auf: Sobald wir ein Kaufhaus oder ein Restaurant verließen, fragte mein Mann mich, aus welcher Richtung wir denn gekommen wären. Sagte ich von links, meinte er, er glaube aber von rechts. Meinte ich von rechts, war er überzeugt, dass wir von links gekommen waren. Ich weiß nicht, ob es überhaupt einen Fall gegeben hat, wo er Recht hatte. Wenn mein Mann nach dem Weg gefragt wurde, konnte er immer genau beschreiben, wie man dorthin kommt, zeigte aber stets in die falsche Richtung. Mittlerweile verließ sich mein Mann auf mich und wir kamen immer dort an, wo wir hinwollten.

Nun machten wir Urlaub in der Schweiz. Nach dem Verlassen eines Geschäftes meinte ich, wir müssten rechts die Straße entlang. Mein Mann meinte aber, wir müssen nach links. Es war das erste Mal, dass ich ins Schwanken geriet, mussten wir nicht vielleicht doch nach links? Aber wir gingen nach rechts, schließlich waren meine Angaben immer korrekt gewesen. Nach einiger Zeit stellten wir gemeinsam fest, dass meine Vorgabe nicht stimmen konnte, die Richtung, die mein Mann vorgeschlagen hatte, wäre richtig gewesen.

Auch als wir in Meran Urlaub machten, irrte ich mich öfter, so dass wir schließlich zu dem Schluss gelangten, dass meine Orientierung wohl nur in Deutschland vorhanden war und im Ausland versagte.

Beim Dorfarzt

In einem kleinen Ort in der Eifel ging ich vorsichtshalber zum Arzt, weil ich Schmerzen in der linken Brust hatte. In diesem, nur wenige Tausend Einwohner zählenden Dorf, gab es eine Hausärztin. Ich nahm in einem vollen Wartezimmer Platz. Es würde sicher eine längere Zeit dauern, bis ich an der Reihe war. Ich wollte gerade nach einer Zeitschrift greifen, als mich eine der meist älteren Frauen ansprach:

»Machen Sie hier Urlaub?« Ich bejahte.

»Weshalb müssen Sie denn zum Arzt?«

»Wegen Schmerzen in der Brust«, erwiderte ich.

»Unsere Ärztin ist sehr nett, die sagt Ihnen gleich, was Sie haben.«

Kurze Pause. Dann ein Gespräch zwischen zwei Frauen, die sich über einen Handwerker aus dem Nachbarort unterhielten. Nach kurzer Zeit fiel einer der beiden auf, dass sie sich mir noch gar nicht vorgestellt hatten. Das holten sie eifrig nach und sofort wurde ich darüber aufgeklärt, dass der Handwerker stets sehr ordentlich arbeiten würde. Dennoch war es passiert, dass Frau Greinert diesmal eine Beanstandung hatte und es einigen Ärger gab.

Ich erfuhr anschließend von den beiden Damen, weshalb sie zur Ärztin mussten. Eine andere Frau teilte mir einige Dorfgeschichten mit, so dass ich wusste, wer Frau Zahn war und dass der Apotheker gleich nebenan der Herr Wolgast sei und immer so gut beraten würde und dass der Postbote zur Zeit erkältet ist. Dank der Empfehlung bestimmter

Lutschtabletten von Herrn Wolgast hätte er sich den Weg zu Frau Doktor ersparen können.

Als ich von der Arzthelferin aufgerufen wurde, war ich bestens über das Dorfleben informiert. Wie ich ja bereits im Wartezimmer erfahren hatte, war die Ärztin tatsächlich sehr nett und teilte mir, nachdem sie mich abgehorcht hatte, mit, dass mein Herz völlig gesund wäre und nachdem sie mich hin und her bewegt hatte, erfuhr ich, dass meine Schmerzen von der Wirbelsäule kamen. Damit ich mir für den Rest des Urlaubs keine weiteren Gedanken machen müsse, hat sie abschließend noch ein EKG geschrieben, aber nur deshalb, betonte sie, nötig wäre es nicht gewesen.

Der Mond ist aufgegangen

Während unserer Urlaube habe ich mir zwei Dinge zur Gewohnheit gemacht. Oft gehe ich bei einsetzender Dämmerung und sofern das Wetter schön ist, noch einige Schritte vor die Tür unserer Unterkunft, laufe einige Feldwege entlang und sehe nach den Sternen, die hier, wo teilweise keine oder nur spärliche Straßenbeleuchtung ist, in so unglaublicher Vielzahl am Himmel zu sehen sind und viel heller leuchten als in der Großstadt. Wenn dann auch noch der Mond in voller Größe am Himmel steht, singe ich oft noch ein Abendlied oder »Der Mond ist aufgegangen« leise vor mich hin.

Wenn ich es meinem Mann erzähle, dann sieht er mich manchmal etwas zweifelnd von der Seite an, auf diese Idee würde er nicht kommen und auf meine zweite Angewohnheit schon erst recht nicht. Ich schlafe nachts selten durch und wenn ich am zeitigen Morgen, bevor es hell ist, aufwache und nicht mehr einschlafen kann, stehe ich oftmals auf, lasse die Jalousie hoch, ziehe mir Hosen und eine Jacke über mein Nachtzeug und gehe auf den Balkon oder die Terrasse zum »Sterne gucken«. Wenn es mir dann langsam zu kalt wird, begebe ich mich zurück ins Zimmer, ziehe Hose und Jacke wieder aus und lege mich ins Bett und hoffe, doch noch eine Runde schlafen zu können.

Regenwetter

Meine Eltern fuhren in den Sommerferien mit mir in die Berge. Nach einigen schönen Sommertagen und Wanderungen schlug das Wetter um. Es regnete und regnete und der Regen nahm kein Ende. Trotzdem konnte man ja nicht ständig nur im Zimmer sitzen und weil ein Schirm auch nicht so richtig nützlich war, gingen wir in ein größeres Geschäft, um für uns Regencapes zu erstehen. Der Laden war voll und wir arbeiteten uns zu dem Teil vor, in dem es diese Regencapes gab. Wir suchten die passende Größe, sahen auf und blickten auf ein Ehepaar mit zwei Kindern, das uns gegenüberstand und ebenfalls im Begriff war, Capes zu kaufen. Sie kamen uns bekannt vor und auch sie sahen uns ungläubig an, bis auf beiden Seiten die Erinnerung kam: Wir waren vor vielen Jahren öfter zusammen gewesen, weil wir ganz in der Nähe wohnten. Als sie in einen anderen Bezirk zogen, verlor sich der Kontakt. Nun freuten sich alle, dass wir uns nach so langer Zeit zufällig begegnet waren und wir haben uns die Regentage gemeinsam vertrieben.

Regenwetter auch im Frankenwald. Mein Mann und ich fuhren bei schönstem Sonnenschein von zu Hause los. Als wir im Hotel ankamen, fing es an zu regnen. Wir gingen zum Abendbrot in ein Restaurant, bestellten eine Aufschnittplatte und Getränke. Wir warteten eine ganze Weile, dann erschien die Kellnerin mit einer Platte von der Größe eines Kuchenblechs. Natürlich konnten wir das nicht alles aufessen, haben aber trotzdem ordentlich zugegriffen und waren am nächsten Morgen noch so satt, dass wir kaum frühstücken konnten.

2. Tag: Regenwetter, es goss heftig. Ein Rundgang durch den Ort folgte und - inzwischen waren wir wieder hungrig - das Mittagessen. Wir hatten beide das gleiche Gericht bestellt, was auf Platten serviert wurde. Jeder von uns tat sich etwas auf den Teller. Ich esse deutlich langsamer als mein Mann. Als er seinen Teller leer gegessen hatte, nahm er sich die einzelnen Platten, tat sich alles, was noch da war auf seinen Teller, sah mich an und sagte: »Du wolltest doch nichts mehr, oder?«

3. Tag: Regenwetter. Der Versuch im Wald spazieren zu gehen scheiterte, alle Wege waren aufgeweicht.

4. Tag: Regenwetter, kurz in die nächste Stadt ins Museum.

5. Tag: Museumsbesuch in einer anderen Stadt, weil es weiter regnete.

6. Tag: Regenwetter, das nächste Museum, Mittagessen, zurück ins Hotel, Koffer packen.

7. Tag: Urlaubsende, Heimreise. Als wir das Auto bestiegen, schönster Sonnenschein.

Fazit: nicht gewandert, dafür aber an Gewicht zugenommen.

Nie wieder in den Frankenwald.

Vielleicht wäre es dort aber bei Sonnenschein sehr schön gewesen.

Schützenfest

Es war der erste Urlaub nach dem Krieg, den meine Eltern mit mir machten. Wir fuhren zu Verwandten in den Schwarzwald, bei denen wir wohnen konnten. Vier Wochen blieben wir, haben viele Ausflüge unternommen und meine Eltern freuten sich über das Wiedersehen nach so langer Zeit.

In diesem Zeitraum fand ein großes Schützenfest statt, zu dem wir unbedingt gehen wollten. Der Cousin meiner Mutter sollte den Bierausschank auf dem Fest machen und meine Mutter wollte dabei helfen.

Einige Stunden zuvor ging es aber noch in den Kuhstall. Wir sollten einmal die frisch gemolkene Milch probieren. Jeder von uns hatte ein großes, mit noch lauwarmer Milch gefülltes Glas in der Hand. Eifrig tranken wir das Glas leer. Die Milch schmeckte gut, wir hatten noch nie welche sozusagen direkt von der Kuh getrunken. Oben auf der Milch schwammen sogar noch einige Fettaugen.

Anschließend gingen wir in unsere Zimmer. Wir wollten uns noch etwas ausruhen, bevor der Umzug begann, es würde ja sicher spät werden auf dem Fest.

Spät wurde es auch, aber für uns nicht auf dem Fest. Als wir schon umgezogen waren und langsam daran dachten, loszugehen, fing es in unseren Bäuchen an zu grummeln. Wir liefen die halbe Nacht abwechselnd zur Toilette und fühlten uns richtig krank von der ungewohnt fetten Milch. Der einzige Trost war, dass es uns am nächsten Tag wieder besser ging. Das Schützenfest war auch noch im Gange, so dass meine Mutter doch noch dazu kam, beim Bierausschank zu helfen. Einen zweiten Umzug durch den Ort gab es aber leider nicht mehr.

In der U-Bahn

Eine junge Frau fährt sich in der U-Bahn mit beiden Händen durch ihre langen Haare, wirft sie nach vorn, nach hinten und knetet darin herum. Das macht sie über mehrere Haltestellen.

Schließlich nimmt sie eine Haarsträhne und zieht sie durch ein Gummiband. Sie holt einen Spiegel aus ihrer Handtasche und betrachtet sich. Sie scheint mit dem Ergebnis zufrieden zu sein.

Ein Mann, der ihr gegenüber sitzt und sie beobachtet hat, sagt zu ihr:

»Jetzt sehen Sie auch nicht schöner aus.«

Urlaub in Malente

Mein Mann und ich studierten im Restaurant die Speisekarte. Mein Mann probiert gern Gerichte aus, die er noch nicht kennt. Auf der Speisekarte stand »Rindfleisch mit Schwarzsauer«. Mein Mann überlegte, was wohl Schwarzsauer sein könnte. Ich dachte, dass es vielleicht so eine Art Sauerbraten wäre. Ich mache den ab und an zu Hause und lege dazu das Rindfleisch einige Tage in Buttermilch ein, bevor ich es im Topf schmore und dabei nach und nach die Buttermilch hinzugieße.

Mein Mann überlegte weiter. Ich machte den Vorschlag, bei der Bedienung zu fragen, bevor er das Gericht bestellt. Das wollte er aber nicht und so gab er das Rindfleisch mit Schwarzsauer in Auftrag. Nach kurzer Zeit wurde es serviert: In Scheiben geschnittenes Fleisch mit einem großen Pott dunkler Sauce. Mein Mann rätselte an der Sauce herum, kostete und fand, dass sie gut schmecken würde. Sie erinnerte ihn etwas an die Sauce von meinem Sauerbraten, nur dass meine deutlich heller aussieht.

Wie immer aß mein Mann alles auf, auch die viele Sauce. Als dann der Kellner den Tisch abgeräumt hatte und mein Mann bezahlen wollte, fragte er schließlich doch, was er denn da gegessen hätte.

»Wollen Sie das wirklich wissen?«, fragte der Kellner zurück. »Das war Blutsauce.«

Mein Mann bezahlte schnell und wir verließen das Restaurant. Eine Weile sagten wir nichts, dann meinte mein Mann:

»Wenn ich das vorher gewusst hätte, hätte ich mir etwas anderes bestellt. Und nun habe ich auch noch so viel von der Sauce gegessen. Jetzt, wo ich es weiß, ist mir doch etwas schlecht, obwohl ich gern Blutwurst esse, da ist ja auch Blut drin.«

Von der nächsten Telefonzelle aus riefen wir zu Hause an. Nachdem ich mich mit meiner Mutter ausgetauscht hatte, erzählte ich, dass mein Mann soeben Schwarzsauer gegessen hatte und erklärte ihr was das ist. Mein Mann stürmte fluchtartig aus der Telefonzelle und sagte später zu mir, dass ich das ja nun nicht hätte auch noch erzählen müssen, wo es ihm schon so schlecht ging.

Urlaub am Bodensee

Am Bodensee waren wir noch nie, deshalb wählten wir ihn als nächstes Urlaubsziel. Wir wollten mit dem Auto fahren und in Anbetracht der weiten Strecke wählten wir - wie auch schon zu einem anderen Urlaubsziel - eine Zwischenübernachtung in einem winzigen Dorf in der Nähe von Dinkelsbühl aus. Dort gab es lediglich ein paar Häuser und ein Hotel. Da uns die Eigentümer kannten, hatten wir bei der Anreise keine Eile und kamen am späten Nachmittag dort an. Als die Vermieterin uns sah, meinte sie, sie hätte kein Zimmer für uns. Am Vormittag wäre der Mann, der immer die Windeln für ihre Kinder liefert, angekommen und sie hätte ihm das Zimmer vermietet. Nun standen wir da, sie konnte uns nirgends unterbringen. Wir hätten auch nicht weiterfahren können, da unsere Unterkunft am Bodensee erst am nächsten Tag frei werden würde. Schließlich half sie uns auf der Suche nach einem Hotel in der Nähe, das zwar nicht sehr schön war, aber wenigstens hatten wir eine Bleibe für die Nacht.

Am Bodensee gefiel es uns sehr gut und mit der Ferienwohnung mit Seeblick waren wir sehr zufrieden. Wir unternahmen Ausflüge nach Konstanz und Meersburg, sahen uns Stein am Rhein und den Rheinfall an, fuhren nach St. Gallen und nach Zürich. Mit dem Schiff ging es zur wunderschönen Insel Mainau und zur Insel Reichenau. Wir besichtigten die Pfahlbauten in Unteruhldingen und fuhren weiter nach Überlingen. Dort stellten wir das Auto am Ortsrand ab und liefen durch einen Park am Ufer des Bodensees entlang. Als wir an einem Toilettenhäuschen vorbei kamen, sagte ich zu meinem Mann, ich ginge da schnell hinein, er solle doch davor warten. Als ich wieder herauskam, war mein Mann nicht zu sehen. Ich suchte die nähere Umgebung ab, ging zum Ufer, wieder zurück zum Toilettenhäuschen, vergeblich. Mein Mann blieb verschwunden. Da wir zurück zu unserer Unterkunft fahren wollten, nahm ich nun an, dass mein Mann schon in Richtung zum Auto vorausgegangen war. Also machte ich mich auf den Weg dorthin. Das Auto fand ich verlassen am Straßenrand vor, hier war er auch nicht. Nun wieder zurück zum Toilettenhäuschen. Als ich ankam, stand er wie verabredet davor. Wo ich denn gewesen sei, er hätte doch die ganze Zeit dort gestanden und war auch schon auf der Damentoilette nachsehen, ob mir vielleicht schlecht geworden war. Nur einmal sei er ganz kurz zum See gegangen. Auf diesem Stück Weg müssen wir also, ohne uns zu sehen, aneinander vorbeigelaufen sein.

Dies würde heute nicht mehr passieren, wo jeder ein Handy hat. Damals hat es aber leider noch keine Handys gegeben.

Im Berchtesgadener Land

Meine Eltern fuhren mit mir in den Ferien nach Ramsau in die Nähe von Berchtesgaden. Damals sind wir viel gewandert, auch größere Tagestouren unternahmen wir.

So fuhren wir eines Tages mit der Jennerbahn bis zur Mittelstation. Von dort machten wir uns auf den Weg zur Gotzenalm. Unterwegs trafen wir auf viele Murmeltiere und erfreuten uns an den Blumen auf den Wiesen. Bis zur Gotzenalm waren wir einige Stunden unterwegs. Am späten Nachmittag überlegten wir nach einer Rast, ob wir denselben Weg zur Jennerbahn zurückgehen sollten oder auf einem Steig hinab zum Königssee. Von hier oben sah man den See nicht, aber meine Mutter hatte in ihrem Wanderführer gelesen, dass viele Treppenstufen hinabführen sollten. Wir fragten in der Regenalm, ob der Weg schwierig ist und bekamen die Auskunft, dass er lediglich an manchen Stellen etwas schmal sei.

Also machten wir uns an den Abstieg. Wir waren schon eine ganze Weile unterwegs, als wir den See unter uns sahen, aber nicht nur den See, sondern auch wie steil es hinabging.

Laut Reiseführer müssten wir auch bald an den Stufen angekommen sein. Zwei jüngere Männer, die uns überholten, sagten, dass wir aufpassen sollen bei dem Abstieg und waren beruhigt darüber, dass wir Sportschuhe anhatten. Wenig später erblickten wir dann auch die Treppenstufen, vielmehr das, was von ihnen noch übrig geblieben war. Es waren nunmehr halb weggefaulte schmale Holzstufen. Wir blieben stehen, um zu überlegen, ob wir nicht doch lieber zurückgehen sollten, aber die Uhrzeit war schon zu weit fortgeschritten für den langen Weg.

Wir machten nochmal kurz Rast und aßen die Reste von unserem Proviant. Gerade als wir weitergehen wollten, hörten wir ein Poltern. Ein Stein hatte sich vom Felsen gelöst und fiel den Hang hinunter und hätte dabei fast meinen Vater am Kopf getroffen, es fehlten nur wenige Zentimeter. Hätte er meinen Vater getroffen, wäre er womöglich den Hang hinuntergefallen und er hätte tot sein können. Gleich darauf hörten wir die beiden Männer von unterhalb zu uns heraufrufen, ob alles in Ordnung sei. Wir bejahten und machten uns nach dieser Schrecksekunde weiter an den Abstieg. Wie froh waren wir, als wir heil am Ufer des Sees angekommen waren. Hier erreichten wir gerade noch das letzte Schiff, um zur Anlegestelle Königssee zurückzufahren. Später lasen wir, dass der Stufenweg regelmäßig überholt wird, das schien in den letzten Jahren vergessen worden zu sein.

Mein Vater hatte sich inzwischen von dem Schreck erholt und war wieder fit. Wir machten uns von der Dampferanlegestelle zu Fuß auf den Weg nach Berchtesgaden. Dort angekommen schlug er vor, dass wir ja das kleine Stück nach Ramsau auch noch laufen könnten. Bei dem kleinen Stück handelte es sich aber um mehrere Kilometer. Meine Mutter und ich waren froh, dass wir uns an der Bushaltestelle auf eine Bank setzen konnten und weigerten uns, nur noch einen Schritt zu laufen. So warteten wir auf den Bus und fuhren nach Ramsau zurück. Kurz vor zweiundzwanzig Uhr erreichten wir erschöpft unsere Unterkunft. Die Vermieterin hatte sich schon Sorgen gemacht und hat uns ermahnt, dass wir ihr künftig bei größeren Touren Bescheid sagen sollen, wo wir hingehen, damit man uns in einem Notfall suchen konnte.

Ein sehr schöner Weg, der sogenannte Soleleitungsweg, führt von Bad Reichenhall bis nach Berchtesgaden. Es ist ein durchgängig fast ebener Höhenweg mit wunderschönen Aussichten auf die darunter liegenden Ortschaften und die Berge. Wir sind ihn von Ramsau aus gegangen und nach Schönau hinuntergelaufen.

Wir erinnerten uns daran, dass eine Nachbarin vor Jahren hierher gezogen war und eine Gästepension hatte. Wo sie sich befand, wussten wir aber nicht. Plötzlich sahen wir eine Frau in einem Garten, die uns den Rücken zuwandte. Von der Figur her hätte sie unsere frühere Nachbarin sein können, aber wir waren uns nicht sicher. Sie sprach mit Gästen, die im Garten saßen und schenkte Kaffee ein. Als sie sich umdrehte, erkannte sie uns sofort, so als hätte sie damit gerechnet, dass wir gerade vorbeiliefen. Eilig kam sie auf uns zu und bat uns hinein. Sie sagte, wir mögen uns doch in den Garten setzen und kurz warten, sie hätte eigens für uns eine Torte gebacken. Sie verschwand im Haus und kehrte kurz danach mit der Torte zurück, die sie uns stolz präsentierte. Sie goss uns Kaffee ein, stellte jedem ein Stück Torte hin und erzählte dann lachend, dass einer ihrer Gäste Geburtstag hätte, deshalb habe sie die Torte gemacht.

Sie sprach von ihrem Leben in Schönau und dass sie sich so gut eingelebt und auch einen Freund gefunden hätte. Wir wiederum berichteten, was sich in ihrer ehemaligen Heimat inzwischen alles verändert hatte. Gestärkt machten wir uns einige Zeit später auf den Heimweg.

Bei dieser ehemaligen Nachbarin hatte mein Vater oft im Garten geholfen. Sie besaß damals wenig Geld und schlug einen Handel vor. Sie würde meinem Vater anstelle des Geldes für seine Arbeit ihr altes Klavier schenken wollen, damit ich ein Instrument spielen kann. Sie könnte mir die Grundlagen beibringen. Mein Vater stimmte zu und so habe ich später dann bei einem Klavierlehrer das Instrument erlernt.

Weil auch meine Eltern nicht viel Geld hatten und der Klavierunterricht teuer war, musste ich jeden Tag eine Stunde zu Hause üben. Das tat ich über Jahre, zunächst gern, später dann gezwungenermaßen, was irgendwann dazu führte, dass ich keinen Unterricht mehr nahm und schließlich gar nicht mehr am Klavier saß. Schließlich wurde das alte Klavier verkauft.

Als ich längst erwachsen war, besuchte ich meine Freundin in Hamburg. Dort gab es auch ein Klavier und ich spielte einige Stücke. Zufällig kam der Sohn meiner Freundin gerade nach Hause und fragte:

»Wer spielt denn hier so schön Klavier?«

Meine Freundin meinte, es wäre doch schade, dass ich nicht mehr spielen würde, doch sofort tauchte die Erinnerung auf, dass ich jeden Tag üben musste.

»Aber das brauchst du doch nicht«, sagte sie,

»wenn du Lust hast zu spielen, machst du es, wenn du keine Lust hast, ist es auch in Ordnung. Es lohnt sich doch schon, wenn du nur einige Male im Jahr spielst.«

Wieder zu Hause angekommen, erzählte ich meinem Mann von dem Gespräch und wir entschieden uns, ein Klavier zu kaufen. Anfangs spielte ich sehr häufig darauf, es machte mir wieder Freude nach den Jahren der »Enthaltsamkeit«. Mit den Jahren ist es wieder weniger geworden, regelmäßig geübt habe ich nie mehr.

Missgeschicke

Urlaub in der Rhön. Mein Mann und ich unternahmen einen Ausflug zur Wasserkuppe. Es war warm und herrlichster Sonnenschein. Wir stellten das Auto ab und mein Mann ließ das Autodach einen Spalt offen. Wir liefen einige Zeit dort oben herum und betrachteten die Landschaft. Plötzlich zogen dunkle Wolken auf und wir beschlossen, zum Auto zurückzugehen. Es fehlten nur noch wenige Meter, als es wie aus Eimern schüttete und wir völlig durchnässt am Auto ankamen. Wir setzten uns rasch ins Auto und mein Mann wollte schnell das Autodach schließen, aber versehentlich machte er es richtig weit auf und der Regen ergoss sich auch noch im Auto über uns. Schnell schloss er das Dach und drehte die Heizung an, damit uns warm wurde und unsere nasse Kleidung trocknen konnte.

Wir waren irgendwo in den Bergen unterwegs, als wir von der Polizei angehalten wurden, mein Mann war zu schnell gefahren. Er bezahlte das fällige Geld und wir fuhren weiter. Wir gerieten in eine Umleitung, hatten das Aufhebungsschild offensichtlich übersehen und befanden uns plötzlich wieder auf der Straße, auf der wir gerade in die Verkehrskontrolle geraten waren. Zum Glück fuhr mein Mann jetzt in der vorgeschriebenen Geschwindigkeit, andernfalls wäre der Polizist sicher sehr verwundert gewesen, wenn er uns schon wieder wegen zu schnellen Fahrens hätte anhalten müssen.

Der Führerschein

Als mein Mann und ich uns kennenlernten, besaß ich noch keinen Führerschein. Mein Mann überredete mich dazu, mich in der Fahrschule anzumelden. Ich machte relativ schnell meine theoretische Prüfung und meldete mich zum Erste-Hilfe-Kurs an. Dieser fand genau an dem Wochenende statt, an dem die Zeitumstellung von der Sommer- auf die Normalzeit war. Mein Mann stellte den Wecker für den nächsten Tag, weil der Kurs schon um neun Uhr morgens anfing. Wir standen also früh auf, frühstückten und dann war es auch schon Zeit, zur Fahrschule zu fahren. Mein Mann brachte mich mit dem Auto hin und fuhr wieder nach Hause. Als ich die Fahrschule betreten wollte, war die Tür abgeschlossen, es war auch kein anderer Fahrschüler zu sehen. Dann fiel es mir auf: Mein Mann hatte die Uhr anstatt eine Stunde zurückzustellen, um eine weitere vorgestellt. Ich war also zwei Stunden zu früh dort. Etwas verärgert machte ich mich wieder auf den Weg nach Hause und mein Mann fuhr mich zur aktuellen Uhrzeit noch einmal zur Fahrschule.

Der Tag der praktischen Fahrprüfung war gekommen. Mein Fahrlehrer empfahl mir, unmittelbar vor der Prüfung noch eine Fahrstunde zu nehmen, um mit mir nochmal das Einparken in einen Parkhafen zu üben. Obwohl ich wunderbar rückwärts in kleine Lücken fahren konnte, fiel mir das Einparken in einen Parkhafen schwer.

Auf dem Weg zum Prüfgelände erinnerte mich mein Fahrlehrer noch einmal daran, worauf ich besonders achten müsste.

Wir standen auf dem Prüfgelände und warteten auf den Prüfer. Die Prüfung machte ich auf einem Automatikwagen. Der Motor war ausgeschaltet, der Prüfer kam, und ich musste vorwärts ausparken. Dazu musste ich aus der Parkstellung über den Rückwärtsgang in die Fahrstellung schalten.

Ich wurde immer aufgeregter. Das führte dazu, dass ich den Fuß auf dem Gaspedal und nicht auf der Bremse hatte.

So machte das Auto einen Satz nach hinten, als ich über den Rückwärtsgang schaltete. Mein Fahrlehrer trat auf die Bremse und die Prüfung war beendet.

Ich habe mich so darüber geärgert, dass ich die Prüfung am liebsten nicht mehr wiederholt hätte. Wer fällt schon durch die Prüfung, ohne überhaupt gefahren zu sein!

Nur mit der Überredungskunst meines Mannes und des Fahrlehrers habe ich sie dann wiederholt und auch bestanden. Eine Fahrstunde hatte ich zuvor nicht mehr genommen und erst recht nicht, um das Einparken in einen Parkhafen zu üben.

Stau auf der Autobahn

Wir fuhren in Richtung St. Gotthard auf der Autobahn, als sich in einiger Entfernung von dem Tunnel ein langer Stau bildete. Der Verkehrsfunk meldete, dass mit zwei Stunden Wartezeit zu rechnen sei. Nachdem wir eine Stunde nur sehr zögerlich vorankamen, fiel meinem Mann ein, dass wir doch auch über den Pass fahren könnten, dann würden wir einer weiteren Stunde Wartezeit entgehen.

Gesagt, getan. Wir verließen die Autobahn und bogen auf die Passstraße ab. Nachdem wir die Serpentinen schon einige Zeit hinaufgefahren waren, kamen wir an einer Straßensperre an.

Offensichtlich hatten wir zu Beginn ein Schild übersehen, das darauf hinwies, dass der Pass nach dem Winter noch gar nicht geöffnet war. Eine Frau, die mit ihrem Auto auch vor der geschlossenen Schranke stand, hatte das Schild ebenfalls nicht gesehen.

Als wir anhielten, kam sie auf uns zugelaufen. Sie war ganz aufgeregt und fragte, ob mein Mann ihr helfen könnte, sie wisse nicht, wie sie das Auto wenden soll. Mein Mann gab ihr Anweisungen und sie war froh, dass endlich jemand aufgetaucht war um sie aus ihrer misslichen Lage zu befreien.

Uns blieb dann nichts anderes übrig als umzukehren und uns wieder an das Ende der Schlange vor dem St. Gotthardtunnel einzureihen.

Paris

Einmal im Leben sollte man vielleicht mal dagewesen sein, in Paris, der Stadt der Liebe. Also beschlossen wir, mit unseren Freunden für eine Woche hinzufliegen.

Auf dem Flughafen angekommen, nahmen wir uns ein Taxi zum Hotel. Was uns sofort auffiel, war der Fahrstil. Es war ein einziges Gewusel von Autos, keiner schien sich um den anderen zu kümmern oder Rücksicht zu nehmen. Wir waren froh, dort nicht selbst fahren zu müssen. Ein Auto braucht man ja zum Glück in der Stadt nicht. Zunächst machten wir eine Stadtrundfahrt und eine Abendfahrt mit dem Schiff auf der Seine, um einen ersten Eindruck von Paris zu bekommen. An den Folgetagen waren wir auf dem Eiffelturm, am Arc de Triomphe, im Centre Pompidou, liefen die Champs-Elysées hinunter, über den Place de la Concorde, besuchten Notre-Dame, Montmartre und Vieles mehr.

Natürlich statteten wir auch dem Louvre einen Besuch ab, vorrangig um die »Mona Lisa« zu sehen. Überall im Gebäude befanden sich Wegweiser, die zu dem Gemälde führten. Als wir dann den Raum betraten, waren wir völlig überrascht, dass uns nicht ein großes Gemälde erwartete. So klein hatten wir uns das Bild wirklich nicht vorgestellt. Wie wir später von anderen Leuten erfuhren, war es fast allen ähnlich ergangen.

Unsere Freunde trafen sich mit uns jeden Morgen im Frühstücksraum. Wir kamen an der Rezeption vorbei und ich begrüßte den freundlichen Portier mit einem: »Bon jour.« »Guten Morgen«, tönte es zurück. Überrascht sah ich ihn an.

»Ich höre schon, dass sie aus Deutschland kommen«, meinte er. Er würde sich immer über deutsche Gäste freuen, weil er dann die Gelegenheit hätte, seine deutschen Sprachkenntnisse zu verbessern. Meine französischen hätte ich auch gern verbessert, denn von zwei Jahren Unterricht in der Schule war nicht allzu viel hängen geblieben. Ich hatte zwar vor Reisebeginn noch in mein Französischbuch geschaut, das ich aus der Schulzeit aufgehoben hatte, aber wesentlich mehr Kenntnisse hatte ich in der kurzen Zeit, die ich mir dafür genommen hatte, auch nicht erlangt. Nun fingen wir an, uns jeden Morgen etwas zu unterhalten, der Herr am Empfang versuchte es in deutscher Sprache, ich überlegte mir Sätze in französischer und wenn keiner von uns mehr weiterwusste, versuchten wir es auf Englisch. Das endete oft in einem Gelächter.

Auf unseren Wegen durch Paris blieben wir, wie wir es gewohnt waren, bei Rot an der Ampel stehen. Doch wir standen dort allein, alle anderen liefen einfach über die Straße. Auch wir gingen dann irgendwann bei roter Ampel hinüber. Niemand kümmerte sich darum oder hat es beanstandet. Zuhause sahen wir später eine Sendung von und mit Ulrich Wickert, der unter anderem berichtete, dass man in Paris einfach bei Rot über die Straße geht, sonst gelangt man nie auf die andere Seite.

Es war zu sehen, wie er zwischen den fahrenden Autos über die Fahrbahn sprintet.

Wir sind auch oft mit der Metro gefahren. An einem Abend, es war schon zu etwas fortgeschrittener Uhrzeit, standen wir auf einem Bahnsteig und warteten auf den Zug. Wir dachten, er wäre gerade weggefahren, weil hier außer uns niemand stand und warteten auf den nächsten. Die Minuten vergingen und kein Zug kam. Es ertönten irgendwelche Durchsagen, die wir nicht verstanden. Nachdem wir eine kleine Ewigkeit einsam und verlassen hier zugebracht hatten, ging uns langsam ein Licht auf und wir reimten uns zusammen, dass die Ansage wohl darauf hinwies, dass an dem Abend auf diesem Bahnsteig kein Zug mehr kommen würde.

Gefallen hat uns, dass in der Metro oft Leute unterwegs waren, die von einem Bahnhof zum anderen fuhren und Lieder sangen, Instrumente spielten oder ein kleines Theaterstückchen aufführten. Wir fanden das sehr passend für Paris. In Deutschland hingegen erscheinen viele Leute eher genervt, sollte jemand in der U-Bahn irgendetwas zum Besten geben.

Besonders gefallen in Paris hat uns die Umgebung von Sacré-Coeur am Abend, wenn dort bei den vielen kleinen Restaurants die Straßenmaler standen. Sie achteten darauf, in welcher Sprache sich die Touristen unterhielten und redeten sie dann in dieser Sprache an. Sie malten überwiegend Portraits von den Leuten und wenn jemand noch zögerte, ob er sich malen lassen sollte, wiesen sie sogleich darauf hin, dass er ein Gesicht hätte, das sich besonders gut dafür eignen würde.

Wir verbrachten einige Abende hier. Aber eine Woche Paris geht schnell vorbei, doch die Erinnerungen daran sind bis heute geblieben.

Amorbach - Odenwald

Ich war zehn Jahre alt, als meine Eltern mit mir in den Odenwald fuhren. Die Reise ging abends vom Busbahnhof los. Wir dachten, wir könnten in der Nacht im Bus schlafen, aber dem war nicht so. Nach schier endloser Fahrt erreichten wir am Folgetag gegen Mittag unseren Urlaubsort. Es war trübe und regnerisch. Unsere Wirtsleute nahmen uns in Empfang und zeigten uns die Zimmer. Nachdem wir die Koffer ausgepackt hatten, legten wir uns gleich ins Bett, um den versäumten Schlaf nachzuholen.

Meine Mutter und ich erwachten, weil mein Vater uns unsanft an der Schulter rüttelte. Er stand vor uns, das Gesicht voller Rasierschaum.

»Es ist schon acht Uhr morgens«, meinte er, »Zeit zum Aufstehen.«

Wir schauten ihn ungläubig an. Das konnte ja nicht sein, wir waren noch so müde, als hätten wir uns gerade hingelegt.

»Es ist bestimmt acht Uhr abends«, antworteten wir.

»Es ist Sonntagmorgen«, behauptete mein Vater.

»Seht doch nur mal aus dem Fenster, die Leute gehen auf der Straße spazieren und die Kirchenglocken läuten.«

Wir waren jetzt völlig verunsichert und wussten nicht, ob es morgens oder abends war. Mein Vater zog sich schon seine Sachen an, aber wir glaubten ihm immer noch nicht. Um endlich Gewissheit zu haben, wurde ich dazu auserkoren zu den Wirtsleuten zu gehen und zu klären, welche Tageszeit wir hatten. Meine Mutter und ich waren froh, als ich mit der Nachricht zurück ins Zimmer kam, dass es der Abend unserer Ankunft war. Inzwischen war der Regen abgezogen, die Sonne schien und die Leute genossen den lauen Sommerabend. Das musste meinen Vater so verwirrt haben, dass er annahm, der neue Tag wäre angebrochen. Nun war er beruhigt, zog sich seine Sachen wieder aus und wir legten uns alle wieder ins Bett, froh, dass wir weiterschlafen durften.

Krankenhaus I

Ich will einen Besuch im Joseph-Krankenhaus machen und bestelle mir ein Taxi.

»Wo möchten Sie hin?«, fragt der Taxifahrer.

»Ins Joseph-Krankenhaus«, antworte ich.

»In welches?«, fragt der Taxifahrer.

Ich denke, er hat mich nicht verstanden, wiederhole etwas lauter:

»Ins Joseph-Krankenhaus.«

»Ich habe es schon gehört«, sagt er, »aber in welches Joseph-Krankenhaus denn?«

Ich kenne kein anderes.

»Gibt es mehrere hier?«, frage ich.

»Hier nicht, aber Sie müssen sagen: St. Joseph-Krankenhaus, so ist es korrekt«.

»Ich nehme an, Sie wissen auch so, wo ich hin will.«

»Weiß ich auch«, antwortet er, »aber es gibt ja auch Joseph-Krankenhäuser im Umland. Also, Sie müssen sich schon korrekt ausdrücken.«

»Werde ich künftig machen«, antworte ich etwas genervt.

Im Krankenhaus II

Gertrud muss ihren Mann mit der Feuerwehr ins Krankenhaus bringen lassen. Es ist 22 Uhr und dunkel. In der Rettungsstelle wartet sie stundenlang, bis die Untersuchungen abgeschlossen sind und ihr Mann auf der Station gelandet ist. Sie verabschiedet sich von ihm, will ihn morgen wieder besuchen. Inzwischen ist es fast drei Uhr nachts. Sie verlässt das Gebäude. Es ist stockfinster. Von der langen Warterei und der Aufregung ist sie fix und fertig.

Gertrud kennt das Gelände gut, sie hat selbst schon zweimal hier gelegen. Das Krankenhaus hat viele Gebäude in einer parkähnlichen Anlage. Sie hat angenommen, dass die Wege nachts beleuchtet sind, aber das sind sie nicht. Auch der Mond ist nicht zu sehen und aus den Fenstern der einzelnen Stationen leuchtet kein Licht. Die Patienten schlafen alle um diese Uhrzeit. Sie ist so durcheinander, dass sie mehrmals im Kreis läuft und den Ausgang nicht findet. Ihr ist unheimlich zumute. Sie begegnet keinem Menschen. Sie kommt sich vor wie in einer Geisterstadt. Plötzlich sieht sie einen Schatten. Eine Frau huscht an ihr vorbei.

Gertrud ist so erschrocken, dass sie vergisst, die Gestalt nach dem Ausgang zu fragen. Erleichtert sieht sie nach einer Weile das beleuchtete Pförtnerhaus, läuft rasch darauf zu und lässt sich eine Taxe rufen. Zu Hause fällt sie erschöpft ins Bett.

Am späten Vormittag fährt sie wieder ins Krankenhaus. Nun ist es hell und sie findet sofort die

Station, auf der ihr Mann liegt. Nichts erinnert mehr an eine Geisterstadt.

Die Zierpflaume

Herr Winter stattet seiner Cousine einen Besuch ab. Es wird im Garten Kaffee getrunken. Er sieht sich um.

»Was ist denn das für ein Bäumchen?«, fragt er.

»Eine Zierpflaume«, antwortet seine Cousine.

»Eine Zierpflaume? Kann man die Früchte essen?«, fragt er.

»Weiß ich nicht«, antwortet die Cousine. »Die Früchte sind ja winzig, die essen wir nicht. Womöglich sind sie ja auch giftig.«

»Glaube ich nicht«, sagt Herr Winter.

"Dann probiere doch mal eine«, schlägt die Cousine vor.

»Wenn du morgen noch am Leben bist, kannst du ja Bescheid sagen, dann weiß ich, dass sie nicht giftig sind.«

Herr Winkler probiert und da ihm die Pflaume schmeckt, isst er gleich noch eine weitere.

»Vergiss nicht anzurufen«, sagt seine Cousine, als er sich später verabschiedet.

Angerufen hat er nicht, aber gelebt hat er trotzdem noch, wie sich bei späterer Nachfrage durch die Cousine herausstellte.

Ein Ehepaar im Kaufhaus

Die Frau sucht nach einem Pullover, geht von einem Tisch zum anderen, probiert einige an, bringt sie wieder zurück, sucht weiter. Ihr Mann wird langsam ungeduldig, macht sich selber auf die Suche, findet einen nach seinem Geschmack, geht zu seiner Frau, hält ihn hoch und sagt:

»Nimm doch den hier, der steht dir.«
Die Frau wirft einen Blick darauf, sucht nach dem Schild, auf dem zu finden ist, aus welchem Material der Pullover ist und sagt:

»Der ist aus Wolle, der kratzt.«

»Du hast ihn doch noch gar nicht anprobiert.«

»Wolle kratzt immer.«

»Hab dich doch nicht so, wie lange willst du denn noch suchen.«
Beide verlassen genervt das Kaufhaus - ohne Pullover natürlich.

Tanzstunde

Ingrid war 15 Jahre alt. In diesem Alter besuchte man früher eine Tanzschule. Sie fuhr mit dem Bus dorthin. Um zum Bus zu gelangen, musste sie eine einsame Straße entlang gehen, die an einem Friedhof vorbeiführte. Der Friedhof war nicht durch einen Zaun von der Straße abgetrennt. Die Straße war nur spärlich beleuchtet. Der Weg zur Tanzschule war für Ingrid kein Problem, da war es ja noch hell. Aber abends im Dunkeln lief sie dort nicht gern entlang. Auf einzelnen Gräbern flackerten Friedhofslichter und die Käuzchen riefen laut und durchdringend ihr Uhuuu. Ingrid fürchtete sich etwas. Auch ihrer Mutter war es nicht geheuer, dass ihre Tochter den Weg allein lief, deshalb holte sie diese oft von der Haltestelle ab. Für Ingrid war das in Ordnung, sie war sogar ganz froh darüber.

Ein Junge aus der Tanzschule hatte sich in Ingrid verliebt. Ingrid mochte ihn nicht und überlegte, wie sie ihn loswerden konnte. Nach einigen Wochen wollte er sie nach Hause begleiten. Als sie den Bus verließen, standen sie vor Ingrids Mutter.

»Das ist meine Mutter«, sagte Ingrid zu dem Jungen. »Sie begleitet mich fast überall hin oder holt mich vom Bus ab. Daran wirst du dich gewöhnen müssen.«

Er gewöhnte sich nicht, sondern machte auf dem Absatz kehrt und verschwand.

Zeitfracht Medien GmbH
Ferdinand-Jühlke-Straße 7
99095 Erfurt, Deutschland
produktsicherheit@kolibri360.de